U0720092

遼寧省圖書館藏陶湘舊藏閔凌刻本集成

蘇老泉文集·蘇文嗜·蘇文

4

遼寧省圖書館 編

中華書局

第四册目録

蘇文六卷（卷三——卷六）

（宋）蘇軾　撰
（明）錢豐寰、茅坤　評

明閔氏刻三色套印本

蘇文卷之三

御試制科策一道

皇帝若曰朕承祖宗之大統先帝之休烈深惟寡昧未燭於理治勤道遠治不加進夙興夜寐于茲三紀朕德有所未至教有所未孚闕政尚多和氣或盭田野雖闢民多亡聊邊境雖安兵不得徹利入已浚浮費彌廣軍冗而未練官冗而未澄庠序比興禮樂未具戶罕可封之俗士忽借讓之節此所以訟未息於虞芮刑未措於成康意在位者不以教化爲心治民者多以文法爲拘禁防繁多民不知避叙法寬濫吏不知懼纍繫者衆愁歎者多仍歲以來災異數見六月壬子日食于朔淫雨過節煗氣不效江河潰決百川騰溢永思厥咎深切在予變不虛生緣政而起五事之失六

沴之作劉向所傳呂氏所紀五行何修而得其性四時何行而順其令非正陽之月伐鼓救變其合於經乎方盛夏之時論囚報重其考於古乎京師諸夏之根本則王教之淵源百工淫巧無禁豪右僭差不度治當先內或曰何以爲京師政在權姦或曰不可撓獄市推尋前世孝文尚老子而天下富殖孝武用儒術而海內虛耗道非有弊治奚不同王政所由形于詩道周公豳詩王業也而係之國風宣王北伐大事也而載之小雅周以冢宰制國用唐以宰相兼度支錢穀大計也兵師大衆也何陳平之對謂當責之內史韋賢之不宜兼於宰相錢貨之制輕重之相權命秋之差虛實之相養水旱蓄積之備邊陲守禦之方闕法有九府之名樂語有五均之義富人强國尊君重朝弭災致祥攻薄從厚此皆前世之急政而當今之要務子大夫其悉

遼寧省圖書館藏
陶湘舊藏閔凌刻本集成

茅鹿門曰制科策亦隨問條答在長公亦未盡所欲言而其持議大較多通達國本非經生所及

意以陳切悱後害

激發於憂國憂民之心故其言特為愴切

臣謹對曰臣聞天下無事則公卿之言輕於鴻毛天下有事則匹夫之言重於泰山非智有所不能而明有所不察緩急之勢異也方其無事也雖齊桓之深信其臣管仲之深得其君以握手丁寧之問將死深悲之言而不能去其區區之三豎至其有事且急也雖唐代宗之庸程元振之用事柳伉之賤且踈而一言以入之不終朝而去其腹心之疾夫言之於無事之世者足以有所攺爲而常患

於不信言之於有事之世者易以見信而常患於不及改爲此忠臣志士之所以深悲天下之所以亂亡相尋而世主之所以不信也今陛下處積安之時乘不拔之勢拱手垂裳而天下嚮風動容變色而海内震恐雖有一事之失常一物之不獲固未足以憂陛下也所謂親策賢良之士者以應故事而已豈以臣言爲眞足以有感於陛下耶雖然君以名求之臣以實應之陛下爲是名也臣敢不爲是實也伏惟制策有念祖宗先帝大業之重而

直以不勤答之而下面都見不勤之意

自處於寡昧以爲志勤道遠治不加進臣竊以爲陛下即位以來歲歷三紀更於事變審於情僞不爲不熟矣而治不加進雖臣亦疑之然以爲志勤道遠則雖臣至愚亦未敢以明詔爲然也夫志有不勤而道無遠陛下苟知勤矣則天下之事粲然無不畢舉又安知訪臣爲哉今也猶以道遠爲歎則是陛下未知勤也臣請言勤之説夫天以日運故健日月以日行故明水以日流故不竭人之四肢以日動故無疾器以日用故不蠹天下者大器

不勤之第一端

也久置而不用則委靡廢放日趨於弊而巳矣陛下深居法宮之中其憂勤而不息邪臣不得而知也其宴安而無爲邪臣不得而知也臣所以知道遠之歎由陛下之不勤者誠見陛下以天下之大欲輕賦稅則財不足欲威四夷則兵不彊欲興利除害則無其人欲敦世厲俗則無其具大臣不過遵用故事小臣不過謹守簿書上下相安以苟歲月此臣所以妄論陛下之不勤也臣又竊聞之自頃歲以來大臣奏事陛下無所詰問直可之而巳

不勤之第二端茅鹿門曰仁廟多仁厚而柔緩故子瞻振厲在此

臣始聞而大懼以為不信及退而觀其效見則臣亦不敢謂不信也何則人君之言與士庶不同言脫於口而四方傳之捷於風雨故太祖太宗之世天下皆諷誦其言語以為聳動之具今陛下之所震怒而賜譴者何人也合於聖意誘而進之者何人也所與朝夕論議深言者何人也越次躐等召而問訊之者何人也四者臣皆未之聞焉此臣所以妄論陛下之不勤也臣願陛下條天下之事其大者有幾可用之人有幾某事未治某人未用雖

嗚而起曰吾今日爲某事用某人他日又曰吾所
爲某事其事果濟矣乎所用某人其人果才矣乎
如是孜孜焉不違於心屏去聲色放遠善柔親近
賢達遠覽古今凡此者勤之實也而道何遠乎伏
惟制策有夙興夜寐于今三紀德有所未至教有
所未孚闕政尚多和氣或盭田野雖闢民多亡聊
邊境雖安兵不得徹利入已浚浮費彌廣軍冗而
未練官冗而未澄庠序比興禮樂未具戶罕可封
之俗士忽偕讓之節此所以訟未息於虞芮刑未

遼寧省圖書館藏
陶湘舊藏閔凌刻本集成

措於成康意在位者不以教化爲心治民者多以文法爲拘禁防繁多民不知避敘法寬濫吏不知懼纍繫者衆愁歎者多凡此陛下之所憂數十條者臣皆能爲陛下歷數而備言之然而未敢爲陛下道也何者陛下誠得御臣之術而固執之則嚮之所憂數十條者皆可以捐之大臣而已不與今陛下區區以嚮之數十條爲已憂者則是陛下未得御臣之術也天下所謂賢者陛下旣得而用之矣方其未用也常若有餘而其旣用也則不足是

茅鹿門曰鏡心刺骨之言

豈才之有變乎古之用人者日夜提策之武王用太公其相與問答百餘萬言今之六韜是也桓公用管仲其相與問答亦百餘萬言今之管子是也古之人君其所以反覆窮究其臣者若此今陛下默默而聽其所爲則夫嚮之所憂數十條者無時而舉矣古之忠臣其受任也必先自度曰吾能辦是矣乎度能辦是也則又曰吾君能忘已而任我乎能無以小人間我乎度其能忘已而任我也能無以小人間我也然後受之旣已受之矣則以身

遼寧省圖書館藏
陶湘舊藏閔凌刻本集成

茅鹿門曰宋仁廟時有此風

任天下之責而不辭享天下之利而不愧今也內不度己外不度君而輕受之受之而衆不與也則引身而求去陛下又爲美辭而遣之加之重祿而慰之夫引身而求退者非果廉節而有讓也是邀君以自固也是自明其非我之欲留以逃謗也是不能辨其事而以其患遺後人也陛下柰何聽之臣故曰陛下未得御臣之術也若夫德有所未至教有所未孚者此實不至也德之必有以著其德之之形教之必有以顯其教之之狀德之之形莫

著於輕賦斂之之狀莫顯於去殺此二者今皆未
能焉故曰實不至也夫以選舉之重而不取才行
官吏之衆而不行考課農末之相傾而平糴之法
不立貧富之相役而占田之數無限天下之闕政
則莫大乎此而和氣安得不盭乎田野闢者民之
所以富足之道也其所以無聊則吏政之過也然
臣聞天下之民常偏聚而不均吳蜀有可耕之人
而無其地荆襄有可耕之地而無其人由此觀之
則田野亦未可謂盡闢也夫以吳蜀荆襄之相形

遼寧省圖書館藏
陶湘舊藏閔凌刻本集成

而飢寒之民終不能去狹而就寬者世以爲懷土而重遷非也行者無以相群則不能行居者無以相友則不能居若輩徒飢寒之民則無有不聽矣邊境已安而兵不得徹者有安之民而無安之實也臣欲小言之則自以爲愧大言之則世俗以爲笑臣請略言之古之制北狄者未始不通西域今之所以不能通者是夏人爲之障也朝廷置靈武於度外幾百年矣議者以爲絶域異方曾不敢近而况於取之乎然臣以爲事勢有不可不取者不

茅鹿門曰捐秦以委之之說未妥大畧條邊事一着獨踈闊

取靈武則無以通西域西域不通則契丹之强未有艾也然靈武之所以不可取者非以數郡之能抗吾中國中國自困而不能舉也其所以自困而不能舉者以不生不息之財養不耕不戰之兵塊然如巨人之病腿非不枵然大矣而手足不能以自舉欲去是疾也則莫若捐秦以委之使秦人斷然如戰國之世不待中國之援而中國亦若未始有秦者有戰國之全利而無戰國之患則夏人舉矣其使莫如稍徙緣邊之民不能戰守者於空閑

遼寧省圖書館藏
陶湘舊藏閔凌刻本集成

疊鑽原有此綫

之地而以其地益募民爲屯田屯田之兵稍益則向之戍卒可以稍減使數歲之後緣邊之民盡爲耕戰之夫然後數出兵以苦之要以使之厭戰而不能支則折而歸吾矣如此而北狄始有可制之漸中國始有息肩之所不然將濟師之不暇而又何徼乎所謂利入已浚而浮費彌廣者臣竊以爲外有不得已之二虜內有得已而不已之後宮後宮之費不減一敵國金玉錦繡之工日作而不息朝成夕毀務以相新主帑之吏日夜儲其精金良

帛而别異之以待倉卒之命其爲費豈可勝計哉
今不務去此等而欲廣求利之門臣知所得之不
如所喪也軍冗而未練者臣嘗論之曰此將不足
恃之過也然以其不足恃之故而擁之以多兵不
蒐去其無用則多兵適所以爲敗也官冗而未澄
者臣嘗論之曰此審官吏部與職司無法之過也
夫審官吏部是古者考績黜陟之所也而特以日
月爲斷今縱未能復古可略分其郡縣不以遠近
爲差而以難易爲等第其人之所堪而别異之才

遼寧省圖書館藏
陶湘舊藏閔凌刻本集成

者常爲其難而不才者常爲其易及其當遷也難
者常速而易者常久然而爲此者固有待也內之
審官吏部與外之職司常相關通而爲職司不惟
舉有罪察有功而已必使盡第其屬吏之所堪以
詔審官吏部審官吏部常從內等其任使之難易
職司常從外第其人之優劣才者常用不才者常
閑則冗官可澄矣庠序興而禮樂未具者臣盖以
爲庠序者禮樂既興之所用非所以興禮樂也今
禮樂鄙野而未完則庠序不知所以爲教又何以

興禮樂乎如此而求其可封責其偕讓將以息訟
而措刑者是却行而求前也夫上之所嚮者下之
所趨也而況從而賞之乎上之所背者下之所去
也而況從而罰之乎今陛下責在位者不務教化
而治民者多拘文法臣不知朝廷所以爲賞罰者
何也無乃或以教化得罪而多以文法受賞歟夫
禁防未至於繁多而民不知避者吏以爲市也敘
法不爲寬濫而吏不知懼者不論其能否而論其
久近也縲繫者衆愁歎者多凡以此也伏惟制策

芳鹿門曰名言

有仍歲以來災異數見乃六月壬子日食于朔淫雨過節煖氣不效江河潰决百川騰溢永思厥咎深切在予變不虚生緣政而起此豈非陛下厭聞諸儒牽合之論而欲聞其自然之説乎臣不敢復取洪範傳五行志以爲對直以意推之夫日食者是陽氣不能履險也何謂陽氣不能履險臣聞五月二十三分月之二十是爲一交交當朔則食交者是行道之險者也然而或食或不食則陽氣之有强弱也今有二人並行而犯霧露其疾者必其

弱者其不疾者必其强者也道之陰一也而陽氣之强弱異故夫日之食非食之日而後爲食其虧也久矣特遇陰而見焉陛下勿以其未食也爲無災而其旣食而復也爲免咎臣以爲未也特出於陰耳夫淫雨大水者是陽氣融液汗漫而不能收也諸儒或以爲陰盛臣請得以理折之夫陽動而外其於人也爲嘘嘘之氣温然而爲濕陰動而内其於人也爲噏噏之氣冷然而爲燥以一人推天地天地可見故春夏者其一嘘也秋冬者其一噏

遼寧省圖書館藏
陶湘舊藏閔凌刻本集成

茅鹿門曰有見且與仁廟最爲中病藥石

也夏則川澤洋溢冬則水泉收縮此爍濕之效也是故陽氣汗漫融液而不能收則常爲淫雨大水猶人之噓而不能吸也今陛下以至仁柔天下兵驕而益厚其賜戎狄桀傲而益加其禮蕩然與天下爲咻呴溫煖之政萬事墮壞而終無威刑以堅凝之亦如人之噓而不能噏此淫雨大水之所由作也天地告戒之意陰陽消復之理殆無以易此矣而制策又有五事之失六沴之作劉向所傳呂氏所紀五行何修而得其性四時何行而順其令

非正陽之月伐鼓救變其合於經乎方盛夏之時
論因報重其考於古乎此陛下畏天恐懼求端之
過而流入於迂儒之說此皆愚臣之所學於師而
不取者也夫五行之相沴本不至於六六沴者起
於諸儒欲以六極分配五行於是始以皇極附益
而爲六夫皇極者五事皆得不極者五事皆失非
所以與五事並列而別爲一者也是故有眊而又
有蒙有極而無福曰五福皆應此亦自知其疎也
呂氏之時令則柳宗元之論備矣以爲有可行者

遼寧省圖書館藏陶湘舊藏閔凌刻本集成

有不可行者其可行者皆天事也其不可行者皆人事也若夫禜社伐鼓本非有益於救災特致其尊陽之意而已書曰乃季秋月朔辰弗集于房瞽奏鼓嗇夫馳庶人走由此言之則亦何必正陽之月而後伐鼓救變如左氏之說乎盛夏報囚先儒固已論之以爲仲尼誅齊優之月固君子之所無疑也伏惟制策有京師諸夏之表則王教之淵源百工淫巧無禁豪右僭差不度此在陛下身率之耳後宮有大練之飾則天下以羅紈爲羞大臣有

脱粟之節則四方以膏粱爲汙雖無禁令又何憂乎伏惟制策有治當先内或曰何以爲京師政在擿姦或曰不可撓獄市此皆一偏之説不可以不察也夫見其一偏而輒舉以爲説則天下之説不可以勝舉矣自通人而言之則曰治内所以爲京師也不撓獄市所以爲擿姦也如使不撓獄市而害其爲擿姦則夫曹參者是爲逋逃主也伏惟制策有推尋前世深觀治迹孝文尚老子而天下富殖孝武用儒術而海内虚耗道非有弊治奚不同

遼寧省圖書館藏
陶湘舊藏閔凌刻本集成

有折對

臣竊以爲不然孝文之所以爲得者是儒術畧用
也其所以得而未盡者是用儒之未純也而其所
以爲失者則是用老也何以言之孝文得賈誼之
説然後待大臣有禮御諸侯有術而至於興禮樂
係單于則曰未暇故曰儒術畧用而未純也若夫
用老之失則有之矣始以區區之仁壞一代之肉
刑而易之以髡笞髡笞不足以懲其罪則又從而
殺之用老之失豈不過甚矣哉且夫孝武亦可謂
用儒之主也博延方士而多興妖祠大興宮室而

甘心遠畧此豈儒者教之令夫有國者徒知徇其
名而不考其實見孝文之富殖而以爲老子之功
見孝武之虛耗而以爲儒者之罪則過矣此唐明
皇之所以溺於宴安徹去禁防而爲天寳之亂也
伏惟制策有王政所由形於詩道周公豳詩王業
也而係之國風宣王北伐大事也而載之小雅臣
聞豳詩言后稷公劉所以致王業之艱難者也其
後累世而至文王之時則王業既已大成矣而其
詩爲二南二南之詩猶列於國風而至于豳獨何

茅鹿門曰此等處却類令

怪乎昔季札觀周樂以爲大雅曲而有直體小雅思而不貳怨而不言夫曲而有直體者寬而不流也思而不貳怨而不言者狹而不迫也由此觀之則大雅小雅之所以異者取其辭之廣狹非取其事之小大也伏惟制策有周以冢宰制國用唐以宰相兼度支錢穀大計也兵師大衆也何陳平之對謂當責之內史韋賢之言不宜兼於宰相臣以爲宰相雖不親細務至於錢穀兵師固當制其贏虛利害陳平所謂責之內史者特以宰相不當治

策矣

其簿書多少之數耳昔唐之初以郎官領度支而職事以治及兵興之後始立使額叅佐旣衆簿書益繁百弊之源自此而始其後裴延齡皇甫鎛皆以剝下媚上至於希世用事以宰相兼之誠得防姦之要而韋賢之議特以其權過重歟故李德裕以爲賤臣不當議令臣常以爲有宰相之風矣伏惟制策有錢貨之制輕重之相權命秩之差虛實之相養水旱蓄積之備邊陲守禦之方圜法有九府之名樂語有五均之義此六者亦方今之所當

遼寧省圖書館藏
陶湘舊藏閔凌刻本集成

論也昔召穆公曰民患輕則多作重以行之若不堪重則多作輕以行之亦不廢重輕可改而重不可廢不幸而過寧失於重此制錢之本意也命者人君之所擅出於口而無窮秩者民力之所供取於府而有限以無窮養有限此虛實之相養也水旱蓄積之備則莫若復隋唐之義倉邊陲守禦之方則莫若依秦漢之更卒周官有太府天府泉府玉府內府外府職內職金職幣是謂九府太公之所行以致富古者天子取諸侯之上以爲國均則

市不二價四民常均是謂五均獻王之所致以爲
法皆所以均民而富國也凡陛下之所以策臣者
大畧如此而於其末復策之曰富人强國尊君重
朝弭災致祥改薄從厚此皆前世之急政而當今
之要務此臣有以知陛下之聖意以爲向之所以
策臣者各指其事恐臣不得盡其辭是以復舉其
大體而槩問焉又恐其不能切至也故又詔之曰
悉意以陳而無悼後害臣是以敢復進其猖狂之
說夫天下者非君有也天下使君主之耳陛下念

祖宗之重思百姓之可畏欲進一人當同天下之所欲進欲退一人當同天下之所欲退今者每進一人則人相與誹曰是進於某也是某之所欲也每退一人則又相與誹曰是出於某也是某之所惡也臣非敢以此爲舉信也然而致此言者則必有由矣今無知之人相與謗於道曰聖人在上而天下之所以不盡被其澤者便嬖小人附於左右而女謁盛於内也爲此言者固妄矣然而天下或以爲信者何也徒見諫官御史之言矻矻乎難入

以爲必有間之者也徒見蜀之美錦越之奇器不
由方貢而入於官也如此而向之所謂急政要務
者陛下何暇行之臣不勝憤懣謹復列之於末惟
陛下寛其萬死幸甚幸甚

王槐野曰東坡制科策及上神宗皇帝書其綜核立
務切近人情處學賈誼治安三策其條行縷步感發
警悟處學范雎上秦王書

遼寧省圖書館藏陶湘舊藏閔凌刻本集成

策略并序

臣聞有意而言意盡而言止者天下之至言也蓋有以一言而興邦者有三日言而不輟者一言而興邦不以爲少而加之毫毛三日言而不輟不以爲多而損之一辭古之言者盡意而不求於言信已而不役乎人三代之衰學校廢缺聖人之道不明而其所以猶賢於後世者士未知有科舉之利故戰國之際其言語文章雖不能盡通於聖人而皆卓然近於可用出於其意之所謂誠然者自漢

以來世之儒者忘巳以狥人務爲射策决科之學
其言雖不叛於聖人而皆泛濫於詞章不適於用
臣嘗以爲晁董公孫之流皆有科舉之累言有浮
於其意而意有不盡於其言今陛下承百王之弊
立於極文之世而以空言取天下之士繩之以法
度考之於有司臣愚不肖誠恐天下之士不獲自
盡故常深思極慮率其意之所欲言者爲二十五
篇曰略曰别曰斷雖無足取者而臣之區區以爲
自始而行之以次至于終篇旣名其略而治其别

遼寧省圖書館藏
陶湘舊藏閔凌刻本集成

然後斷之於終庶幾有益於當世

茅鹿門曰此先以人主自斷為策略之始下四篇指其事而條之

策略一

以客形主起

末一段是主意前面文勢暢達借客形主處及以疾喻治處俱好

臣聞天下治亂皆有常勢是以天下雖亂而聖人以爲無難者其應之有術也水旱盜賊人民流離是安之而已也亂臣割據四分五裂是伐之而已也權臣專制擅作威福是誅之而已也四夷交侵邊鄙不寧是攘之而已也凡此數者其於害民蠹國爲不少矣然其所以爲害者有狀是故其所以救之者有方也天下之患莫大於不知其然而然不知其然而然者是拱手而待亂也國家無大兵

重疊前語正所謂不知其然而然

華幾百年矣天下有治平之名而無治平之實有可憂之勢而無可憂之形此其有未測者也方今天下非有水旱盜賊人民流離之禍而咨嗟怨憤常若不安其生非有亂臣割據四分五裂之憂而休養生息常若不足於用非有權臣專制擅作威福之弊而上下不交君臣不親非有四夷交侵邊鄙不寧之災而中國皇皇常有外憂此臣所以大惑也今夫醫之治病切脉觀色聽其聲音而知病之所由起曰此寒也此熱也或曰此寒熱之相搏

略說正意

也及其他無不可爲者今且有人恍然而不樂問
其所苦且不能自言則其受病有深而不可測者
矣其言語飲食起居動作固無以異於常人此庸
醫之所以爲無足憂而扁鵲倉公之所以望而驚
也其病之所由起者深則其所以治之者固非鹵
莽因循苟且之所能去也而天下之士方且掇拾
三代之遺文補葺漢唐之故事以爲區區之論可
以濟世不已疎乎方今之勢苟不能滌蕩振刷而
卓然有所立未見其可也臣嘗觀西漢之衰其君

不能自斷

米虛門曰議論淋行

明說正意

皆非有暴鷙淫虐之行特以怠惰弛廢溺于宴安畏期月之勞而忘千載之患是以日趨于亡而不自知也夫君者天也仲尼贊易稱天之德曰天行健君子以自強不息由此觀之天之所以剛健而不屈者以其動而不息也惟其動而不息是以萬物雜然各得其職而不亂其光爲日月其文爲星辰其威爲雷霆其澤爲雨露皆生於動者也使天而不知動則其塊然者將腐壞而不能自持況能以御萬物哉苟天子一日赫然奮其剛明之威使

遼寧省圖書館藏
陶湘舊藏閔凌刻本集成

緣谿不肯

天下明知人主欲有所立則智者願效其謀勇者樂致其死縱橫顛倒無所施而不可苟人主不先自斷於中羣臣雖有伊呂稷契無如之何故臣特以人主自斷而欲有所立爲先而後論所以爲立之要云

茅鹿門曰專按越之范蠡吳之伍員上立見

策略二

第一段

國手

信筆寫來浩大跡越千載以來當為

天下無事久矣以天子之仁聖其欲有所立以爲子孫萬世之計至切也特以爲發而不中節則天下或受其病當宁而太息者幾年於此矣盖自近歲始柄用二三大臣而天下皆洗心滌慮以聽朝廷之所爲然而數年之間卒未有以大慰天下之望此其故何也二虜之大憂未去而天下之治終不可爲也聞之師曰應敵不暇不可以自完自完不暇不可以有所立自古創業之君皆有敵國相

伏越句法業

虛

持之憂命將出師兵交於外而中不失其所以爲
國者故其兵可敗而其國不可動其力可屈而其
氣不可奪今天下一家二虜且未動也而吾君吾
相終日皇皇焉應接之不暇亦竊爲執事者不取
也昔者大臣之議不爲長久之計而用最下之策
是以歲出金繒數十百萬以資彊虜此其旣往之
咎不可追之悔也而議者方將深罪當時之失而
不求後日之計亦無益矣臣雖不肖竊論當今之
弊蓋古之爲國者不患有所費而患費之無名不

歲幣空費而
事無益故所

以待二虜者
不可不早爲
之計

患費之無名而患事之不立今一歲而費千萬是千萬而已事之不立四海且不可保而奚千萬之足云哉今者二虜不折一矢不遺一鏃走一介之使馳數乘之傳所過騷然居人爲之不寧大抵皆有非常之辭無厭之求難塞之請以觀吾之所荅於是朝廷洶然大臣會議旣而去未數月邊陲且復告至矣由此觀之二虜之使未絕則中國未知息肩之所而況能有所立哉臣故曰二虜之大憂未去則天下之治終不可爲也中書者王政之所

茅鹿門曰不用雖然二字就轉摺

由出天子之所與宰相論道經邦而不知其他者也非至逸無以待天下之勞非至靜無以制天下之動是故古之聖人雖有大兵役大興作百官奔走各執其職而中書之務不至於紛紜今者曾不得歲月之暇則夫禮樂刑政教化之源所以使天下回心而嚮道者何時而議也千金之家久而不治使販夫豎子皆得執劵以誅其所負苟一朝發憤傾囷倒廩以償之然後更爲之計則一簪之資亦足以富何遽至於皇皇哉臣嘗讀吳越世家觀

遼寧省圖書館藏
陶湘舊藏閔凌刻本集成

越得制吳之術者惟其當各有主

勾踐困於會稽之上而行成於吳凡金玉女子所以爲賂者不可勝計既反國而吳之百役無不從者使大夫女女于大夫士女女于士春秋貢獻不絕於吳府嘗竊怪其以蠻夷之國承敗亡之後救死扶傷之餘而賂遺費耗則不可勝計如此然卒以滅吳則爲國之患果不在費也彼其內外不相擾是以能有所立使范蠡大夫種二人分國而制之范蠡曰四封之外種不如蠡使蠡主之凡四封之外所以待吳者種不知也四封之內蠡不如種

使種主之凡四封之内所以彊國富民者蠡不知也二人者各專其能各致其力是以不勞而滅吳其所以賂遺於吳者甚厚而有節也是以財不匱其所以聽役於吳者甚勞而有時也是以本不搖然後勾踐得以安意肆志焉而吳國固在其指掌中矣今以天下之大而中書常有蠻夷之憂宜其内治有不辦者故臣以爲治天下不若清中書之務中書之務清則天下之事不足辦也今夫天下之財舉歸之司農天下之獄舉歸之廷尉天下之

遼寧省圖書館藏
陶湘舊藏閔凌刻本集成

茅鹿門曰爲建官引故事不嫌與范蠡事混歷叙古人待虜俱有專職

兵舉歸之樞密而宰相特持其大綱聽其治要而責成焉耳夫此三者豈少於蠻夷哉誠以爲不足以累中書也今之所以待二虜者失在於過重古

第三段

者有行人之官掌四方賓客之政當周之盛時諸侯四朝蠻夷戎狄莫不來享故行人之官治其登降揖讓之節牲芻委積之數而已至於周衰諸侯爭彊而行人之職爲難且重春秋時秦聘於晉叔向命召行人子員子朱曰朱也當御叔向曰秦晉不和久矣今日之事幸而集秦晉賴之不集三軍

專設一官以制虜則中書之務可清而三虜可治

暴骨其後楚伍員奔吳爲吳行人以謀楚而卒以入郢西劉之與有與屬國故賈誼曰陛下試以臣爲屬國請必繫單于之頸而制其命伏中行說而笞其背舉匈奴之衆惟上所令今若依倣行人屬國特建一官重任而厚責之使宰相於兩制之中舉其可用者而勿奪其權使大司農以每歲所以餽於二虜者限其常數而豫爲之備其餘者朝廷不與知也凡吾所以遣使於虜與吾所以館其使者皆得以自擇而其非常之辭無厭之求難塞之

技得徑截

遼寧省圖書館藏
陶湘舊藏閔凌刻本集成

請亦得以自答使其議不及於朝廷而其閒暇則收羅天下之俊才治其戰攻守禦之策兼聽博採以周知敵國之虛實凡事之關於境外者皆以付之如此則天子與宰相特因其能否而定其黜陟其實不亦甚簡歟今自宰相以下百官汎汎焉莫任其責今舉一人而授之使日夜思所以待其虜宜無不濟者然後得以安居靜慮求天下之大計唯所欲爲將無不可者

文字凡三段第一段言欲成天下之治者在於去二

虜之憂第二疑言欲去二虜之憂者在於清中書之務第三疑言欲清中書之務者在於設行人屬國之官然文脉自相通斷而不斷

遼寧省圖書館藏
陶湘舊藏閔凌刻本集成

茅鹿門曰法不如任人而篇終專取諸葛之治蜀王猛之治秦蓋爲英覇之術當熙寧時似以水濟水矣

雖並提實重任人一邊

策略三

只因當時韓范富杜諸公紛紛之外逐而不能久於其朝故有此議

臣聞聖王之治天下使天下之事各當其處而不相亂天下之人各安其分而不相躐然後天子得優游無爲而制其上今也不然夷狄抗衡本非中國之大患而每以累朝廷是以徘徊擾攘卒不能有所立今委任而責成使西北不過爲未誅之寇則中國固吾之中國而安有不可爲哉於此之時臣知天下之不足治也請言當今之勢夫天下有二患有立法之弊有任人之失二者疑似而難明

正意此處說

此二句立法後分解

茅鹿門曰專刺新政

此天下之所以亂也當立法之弊也其君必曰吾用某也而天下不治是某不可用也又從而易之不知法之弊而移咎于其人及其用人之失也又從而尤其法法之變未有已也如此則雖至于覆敗死亡相繼而不悟豈足怪哉昔者漢興因秦以爲治刑法峻急禮義消亡天下蕩然恐後世無所執守故賈誼董仲舒咨嗟歎息以立法更制爲事後世見二子之論以爲聖人治天下凡皆如此是以腐儒小生皆欲妄有所變改以惑世主臣竊以

茅鹿門曰暗譏熙寧之政

爲當今之患雖法令有所未安而天下之所以不大治者失在於任人而非法制之罪也國家法令凡幾變矣天下之不大治其咎果安在哉曩者大臣之議患天下之士其進不以道而取之不精也故爲之法曰中年而舉取舊數之半而復明經之科患天下之吏無功而遷取高位而不讓也故爲之法曰當遷者有司以聞而自陳者爲有罪此二者其名甚美而其實非大有益也而議者欲以此等致天下之大治臣竊以爲過矣夫法之於人猶

即是去不測示可信意但不說破

五聲六律之於樂也法之不能無姦猶五聲六律之不能無淫樂也先王知其然故存其大略而付之於人苟不至於害人而不可彊去者皆不變也故曰失在任人而已夫有人而不用與用而不行其言行其言而不盡其心其失一也古之興王二人而已湯以伊尹武王以太公皆捐天下以與之而後伊吕得捐其一身以經營天下君不疑其臣功成而無後患是以知無不言言無不行其所欲用雖所親愛可也其所欲誅雖其讐隙可也使其

上承下接

遼寧省圖書館藏
陶湘舊藏閔凌刻本集成

心無所顧忌故能盡其才而責其成功及至後世之君始用區區之小數以繩天下之豪俊故雖有國士而莫爲之用夫賢人君子之欲有所樹立以著不朽於後世者甚於人君顧恐功未及成而有所奪祗以速天下之亂耳鼂錯之事斷可見矣夫奮不顧一時之禍決然徒欲以身試人主之威者亦以其所挾者不甚大也斯固未足與有爲而沉毅果敢之士又必有待而後發苟人主不先自去其不可測而示其可信則彼孰從而發哉慶曆中

根原所以不敢輕發

天子急於求治擢用元老天下日夜望其成功方其深思遠慮而未有所發也雖天子亦遲之至其一旦發憤條天下之利害百未及一二而舉朝喧譁以至于逐去曾不旋踵此天下之士所以相戒而不敢深言也居今之勢而欲納天下於至治非大有所矯拂於世俗不可以有成也何者天下獨

筋骨論

患柔弱而不振怠惰而不肅苟且偷安而不知長久之計臣以爲宜如諸葛亮之治蜀王猛之治秦使天下悚然人人不敢飾非務盡其心凡此者皆

遼寧省圖書館藏
陶湘舊藏閔凌刻本集成

茅鹿門曰與前伊尹太公引用重疊

茅鹿門曰掉尾應首

庸人之所大惡而讒言之所由興也是故先主拒關張之間然後孔明得以盡其才符堅斬樊世逐仇騰黜席寶而後王猛得以畢其功夫天下未嘗無二子之才也而人主思治又如此之勤相須甚急而相合甚難者獨患君不信其臣而臣不測其君而已矣惟天子一日慨然明告執政之臣所以欲爲者使知人主之深知之也而內爲之信然後敢有所發於外而不顧不然雖得賢人千萬一日有變法天下盖不可治歲復一歲而終無以大慰

天下之望。豈不亦甚可惜哉。

此策欲人君任人以立法把立法任人一意說得交錯盤繞如奇花吐重萼惟見其妍麗不見其繁雜

茅鹿門曰有奇氣

主意

與潁濱君術五同

策略四

音調清亮筆勢雄傑有穿雲裂石之聲有沖霄貫日之氣

天子與執政之大臣既已相得而無疑可以盡其所懷直已而行道則夫當今之所宜先者莫如破庸人之論以開功名之門而後天下可爲也夫治天下譬如治水方其奔衝潰決騰涌漂蕩而不可禁止也雖欲盡人力之所至以求殺其尺寸之勢而不可得及其既衰且退也駸駸乎若不足以終日故夫善治水者不惟有難殺之憂而又有易衰之患導之有方決之有漸疏其故而納其新使不

天下未平

天下既平

至於壅閼腐敗而無用嗟夫人知江河而有水患也而以爲沼沚之可以無憂是烏知舟楫灌溉之利哉夫天下之未平英雄豪傑之士務以其所長角奔而爭利惟恐天下一日無事也是以人人各盡其材雖不肖者亦自淬厲而不至於怠廢故其勇者相吞智者相賊使天下不安其生爲天下者知夫大亂之本起於智勇之士爭利而無厭是故天下既平則削去其具抑遠天下剛健好名之士而獎用柔懦謹畏之人不過數十年天下靡然無

才鹿門曰本旨看他轉語每用一句提起

復徃時之喜事也於是能者不自憤發而無以見其能不能者益以弛廢而無用當是之時人君欲有所爲而左右前後皆無足使者是以綱紀日壞而不自知此其爲患豈特英雄豪傑之士趦趄而已哉聖人則不然當其久安於逸樂也則以術起之使天下之心翹翹然常喜於爲善是故能安而不衰且夫人君之所恃以爲天下者天下皆爲而已不爲夫使天下皆爲而已不爲者開其利害之端而辨其榮辱之等使之踴躍奔走皆爲我役而

茅鹿門曰上章下搭

不自知夫是以坐而收其功也如使天下皆欲不爲而得則天子誰與共天下哉今者治平之日久矣天下之患正在此也臣故曰破庸人之論開功名之門而後天下可爲也今夫庸人之論有二其上之人務爲寛深不測之量而下之士好言中庸之道此二者皆庸人相與議論舉先賢之言而獵取其近似者以自解說其無能而已矣夫寛深不測之量古人所以臨大事而不亂有以鎮世俗之躁蓋非以隔絕上下之情養尊而自安也譽之則

遼寧省圖書館藏陶湘舊藏閔凌刻本集成

勸非之則沮聞善則喜見惡則怒此三代聖人之所共也而後之君子必曰譽之不勸非之不沮聞善不喜見惡不怒斯以爲不測之量不已過乎夫有勸有沮有喜有怒然後有間而可入有間而可入然後智者得爲之謀才者得爲之用後之君子務爲無間夫天下誰能入之古之所謂中庸者盡萬物之理而不過故亦曰皇極夫極盡也後之所謂中庸者循循焉爲衆人之所能爲斯以爲中庸矣此孔子孟子之謂鄉原也一鄉皆稱原人焉無

鄉原門口只收下之人

所徃而不爲原人同乎流俗合乎汙世曰古之人何爲踽踽凉凉生斯世也爲斯世也善斯可矣謂其近於中庸而非故曰德之賊也孔子孟子惡鄉原之賊夫德也欲得狂者而見之狂者又不可得見欲得獧者而見之曰狂者進取獧者有所不爲也今日之患惟不取於狂者獧者皆取於鄉原是以若此靡靡不立也孔子子思之所從受中庸者也孟子子思之所授以中庸者也然皆欲得狂者獧者而與之然則淬厲天下而作其怠惰莫如狂

邀而上之人在其中矣

者猥者之賢也臣故曰破庸人之論開功名之門而後天下可爲也

荆川曰此篇前後各自爲段落起伏照應緊嚴

茅鹿門曰行文如行雲如江流曲盡文家將衍之妙

策略五

言時弊處皆借古爲喻凡三大段文法甚巧後五半亦敘得好

其次莫若深結天下之心臣聞天子者以其一身寄之乎巍巍之上以其一心運之乎茫茫之中安而爲太山危而爲累卵其間不容毫釐是故古之聖人不恃其有可畏之資而恃其有可愛之實不恃其有不可拔之勢而恃其有不忍叛之心何則其所居者天下之至危也天子恃公卿以有其天下公卿大夫士以至於民轉相屬也以有其富貴苟不得其心而欲羈之以區區之名控之以不足

茅鹿門曰極言天子不親

恃之勢者其平居無事猶有以相制一旦有急是皆行道之人掉臂而去尚安得而用之古之失天下者皆非一日之故其君臣之權去巳久矣適會其變是以一散而不可復收方其未也天子甚尊大夫士甚賤奔走萬里無敢後先儼然南面以臨其臣曰天何言哉百官俯首就位斂足而退兢兢惟恐有罪群臣相率爲苟安之計賢者旣無所施其才而愚者亦有所容其不肖舉天下之事聽其自爲而巳及乎事出於非常變起於不測視天下

其下之病

茅鹿門曰：却借器來游衍議論，是無中生有。

茅鹿門曰：就器上又將古人得處一翻摹寫，有生色。

莫與同其患，雖欲分國以與人，而且不及矣。秦二世、唐德宗蓋用此術，以至於顛沛而不悟，豈不悲哉！天下者，器也；天子者，有此器者也。器久不用而置諸篋笥，則器與人不相習，是以扞格而難操。良工者，使手習知其器，而器亦習知其手，手與器相信而不相疑，夫是故所爲而成也。天下之患，非經營禍亂之足憂，而養安無事之可畏。何者？懼其一旦至於扞格而難操也。昔之有天下者，日夜淬勵其百官，撫摩其人民，爲之朝聘會同燕享以交諸

茅鹿門曰以上句句伏後五事案

矦之歡歲時月朔致民讀法飲酒蜡獵以遂萬民之情有大事自庶人以上皆得至於外朝以盡其詞猶以爲未也而五載一巡狩朝諸矦于方岳之下親見其耆老賢士大夫以周知天下之風俗凡此者非以爲苟勞而已將以馴致服習天下之心使不至於扞格而難操也及至後世壞先王之法安於逸樂而惡聞其過是以養尊而自高務爲深嚴使天下拱手以貌相承而心不服其腐儒老生又出而爲之說曰天子不可以妄有言也史且書

其廢門曰暗影嶽

之後世且以爲譏使其君臣相視而不相知如此則偶人而已矣天下之心既已去而倀倀焉抱其空器不知英雄豪傑已議其後臣嘗觀西漢之初高祖創業之際事變之興亦已繁矣而高祖以項氏創殘之餘與信布之徒爭馳於中原此六七公者皆以絕人之姿據有土地甲兵之衆其勢足以爲亂然天下終以不搖卒定於漢傳十數世矣而至於元成哀平四夷嚮風兵革不試而王莽一豎子乃舉而移之不用寸兵尺鐵而天下屏息莫敢

或爭此其故何也創業之君出於布衣其大臣將相皆有握手之歡凡在朝廷者皆有嘗試擠掇以知其才之短長彼其視天下如一身苟有疾痛其手足不期而自救當此之時雖有近憂而無遠患及其子孫生於深宮之中而狃於富貴之勢尊卑闊絶而上下之情疎禮節繁多而君臣之義薄是故不爲近憂而常爲遠患及其一旦固已不可救矣聖人知其然是以去苛禮而務至誠黜虚名而求實效不愛高位重禄以致山林之士而欲聞切

遼寧省圖書館藏陶湘舊藏閔凌刻本集成

本是一事而隨所接以結其心看他變出五樣文法

直不隱之言者凡皆以通上下之情也昔我太祖太宗既有天下法令簡約不爲崖岸當時大臣將相皆得從容終日歡如平生下至士庶人亦得以自效故天下稱其言至今非有文采緣飾而開心見誠有以入人之深者此英主之奇術御天下之大權也方今治平之日久矣臣愚以爲宜日新盛德以激昂天下久安怠惰之氣故陳其五事以備採擇其一曰將相之臣天子所恃以爲治者宜日夜召論天下之大計且以熟觀其爲人其二曰太

守刺史天子所寄以遠方之民者其罷歸皆當問
其所以爲政民情風俗之所安亦以揣知其才之
所堪其三曰左右扈從侍讀侍講之人本以論說
古今興衰之大要非以應故事備數而已經籍之
外苟有以訪之無傷也其四曰吏民上書苟小有
可觀者宜皆召問優慰以養其敢言之氣其五曰
天下之吏自一命以上雖其至賤無以自通於朝
廷然人主之爲豈有所不可哉察其善者卒然召
見之使不知其所從來如此則遠方之賤吏亦務

遼寧省圖書館藏
陶湘舊藏閔凌刻本集成

自激發爲善不以位卑祿薄無由自通于上而不脩飾使天下習知天子樂善親賢卹民之心孜孜不倦如此翕然皆有所感發知愛於君而不可與爲不善亦將賢人衆多而姦吏衰少刑法之外有以大慰天下之心焉耳

唐荊川曰此文論時弊處皆借古為喻亦一體也
樓迂齋曰此篇主意通上下之情開[illegible][illegible]波瀾[illegible]議論作可為策格

策別并序

臣聞爲治有先後有本末嚮之所論者皆當今之所宜先而爲治之大要也若夫事之利害計之得失臣請列而言之蓋其總有四其列有十七所謂其總四者一曰課百官二曰安萬民三曰厚財貨四曰訓兵旅此之謂其總有四一曰課百官所謂課百官者其別又有六焉一曰厲法禁二曰抑僥倖三曰決壅蔽四曰專任使五曰無責難六曰無沮善者是也二曰安萬民所謂安萬民者其別又

有六焉一曰敦教化二曰勸親睦三曰均戶口四曰較賦役五曰教戰守六曰去姦民者是也三曰厚財貨所謂厚財貨者其別又有二焉一曰省費用二曰定軍制者是也四曰訓兵旅所謂訓兵旅者其別又有三焉一曰蓄材用二曰練軍實三曰倡勇敢是也別而言之十有七焉故謂之策別

遼寧省圖書館藏
陶湘舊藏閔凌刻本集成

茅鹿門曰議論近中韓子文自中律

厲法禁

詞措妙句超脫不群是蘇家得意文字

昔者聖人制爲刑賞知天下之樂乎賞而畏乎刑也是故施其所樂者自下而上民有一介之善不終朝而賞隨之是以上之爲善者足以知其無有不賞也施其所畏者自上而下公卿大臣有毫髮之罪不終朝而罰隨之是以下之爲不善者亦足以知其無有不罰也詩曰剛亦不吐柔亦不茹夫天下之所謂權豪貴顯而難令者此乃聖人之所借以徇天下也舜誅四凶而天下服何也此四族

者天下之大族也夫惟聖人爲能擊天下之大族以服小民之心故其刑罰至於措而不用周之衰也商鞅韓非峻刑酷法以督責天下然所以爲得者用法始于貴戚大臣而後及於疎賤故能以其國覇由此觀之商鞅韓非之刑非舜之刑而所以用刑者舜之術也後之庸人不深原其本末而猥以舜之用刑之術與商鞅韓非同類而棄之法禁之不行姦宄之不止由此其故也今夫州縣之吏受賂以鬻獄其罪至於除名而其官不足以贖則

遼寧省圖書館藏
陶湘舊藏閔凌刻本集成

至於嬰木索受笞箠此亦天下之至辱也而士大夫或自行之何者其心有所不服也今夫大吏之爲不善非特簿書米鹽出入之間也其位愈尊則其所害愈大其權愈重則其下愈不敢言幸而有不畏彊禦之士出力而排之又幸而不爲上下之所抑以遂成其罪則其官之所減者至於罰金盖無幾矣夫過惡暴著於天下而罰不傷其毫毛鹵莽於公卿之間而纖悉於州縣之小吏用法如此宜其天下之不心服也用法而不服其心雖刀鋸

法禁不行於大吏皆以刑不上大夫藉口故此段特解之與上段共一節

斧鉞猶將有所不避而况木索笞箠哉方今法令至繁觀其所以防姦之具一舉足且入其中而大吏犯之不至於可畏其故何也天下之議者曰古者之制刑不上大夫大臣不可以法加也嗟夫刑不上大夫者豈曰大夫以上有罪而不刑歟古之人君責其公卿大臣至重而待其士庶人至輕也責之至重故其所以約束之者愈寬待之至輕故其所以隄防之者甚密夫所貴乎大臣者惟其不待約束而後免其罪戾也是故約束愈寬而大臣

葢以畏法何者其心以爲人君之不我疑而不忍欺也苟幸其不疑而輕犯法則固已不容於誅矣故夫大夫以上有罪不從於訊鞫論報如士庶人之法斯以爲刑不上大夫而已矣天下之吏自一命以上其蒞官臨民苟有罪皆書於其所謂歷者而至於館閣之臣出爲郡縣者則遂罷去此眞聖人之意欲有以重責之也柰何其與士庶人較罪之輕重而又以其爵減耶夫律有罪而得以首免者所以開盜賊小人自新之塗而今之卿大夫有

罪亦得以首免是以盜賊小人待之歟天下惟無罪也是以罰不可得而加知其有罪而特免其罰則何以令天下今夫大臣有不法或者旣已舉之而詔曰勿推此何爲者也聖人爲天下豈容有此曖昧而不決故曰厲法禁自大臣始則小臣不犯矣

勿推

唐荆川曰蘇藏首免勿推與前罰金分明四件事叙得甚變化

遼寧省圖書館藏陶湘舊藏閔凌刻本集成

茅鹿門曰與潁濱臣事八意同

抑僥倖

此策深切時弊後一段區畫處更覺婉曲華潤

夫所貴乎人君者予奪自我而不牽於衆人之論也天下之學者莫不欲仕仕者莫不欲貴如從其欲則舉天下皆貴而後可惟其不可從也是故仕不可以輕得而貴不可以易致此非有所吝也爵祿出乎我者也我以爲可予而予之我以爲可奪而奪之彼雖有言者不足畏也天下有可畏者賦斂不可以不均刑罰不可以不平守令不可以不擇此誠足以致天下之安危而可畏者也我欲愼

以客形主

爵賞愛名器而嚻嚻者以爲不可是烏足卹哉國家自近歲以來吏多而闕少率一官而三人共之居者一人去者一人而伺之者又一人是一官而有二人者無事而食也且其涖官之日淺而閑居之日長以其涖官之所得而爲閑居仰給之資是以貪吏常多而不可禁此用人之大弊也古之用人其取之至寬而用之至狹取之至寬故賢者不隔用之至狹故不肖者無所容記曰司馬辨論官材論進士之賢者以告于王而定其論論定然後

官之任官然後爵之位定然後祿之然則是取之者未必用也今之進士自二人以下者皆試官夫試之者豈一定之謂哉固將有所廢置焉耳國家取人有制策有進士有明經有詞科有任子有府史雜流凡此者雖衆無害也其終身進退之決在乎召見改官之日此尤不可以不愛惜慎重者也今之議者不過曰多其資考而責之以舉官之數且彼有勉彊而已資考既足而舉官之數亦以及格則將執文墨以取心於我雖千百爲輩莫敢不

茅鹿門曰應三人共之

盡與臣竊以爲今之患正在於任法太過是以爲一定之制使天下可以歲月必得甚可惜也方今之便莫若使吏六考以上皆得以名聞于吏部吏部以其資考之遠近舉官之衆寡而次第其名然後使一二大臣雜治之參之以其才器之優劣而定其等歲終而奏之以詔天子廢置度天下之吏每歲以物故罪免者幾人而增損其數以所奏之等補之及數而止使其予奪亦雜出于賢不肖之間而無有一定之制則天下之吏不敢有必得之

遼寧省圖書館藏
陶湘舊藏閔凌刻本集成

茅鹿門曰郎前任法不如任人

必將自奮厲磨淬以求聞于時而嚮之所謂用人之大弊者亦不勞而自去然而議者必曰法不一定而以才之優劣爲差則是好惡之私有以啓之也臣以爲不然夫法者本以存其大綱而其出入變化固將付之於人昔者唐有天下舉進士者群至於有司之門唐之制惟有司之信也是故有司得以搜羅天下之賢士而習知其爲人至於一日之試則固已不取矣唐之得人於斯爲盛今以名聞於吏部者每歲不過數十百人使一二大臣得

以訪問叅考其才。雖有失者盖已寡矣。如必曰任法而不任人。天下之人必不可信。則夫一定之制。臣未知其果不可以爲姦也。

唐荆川曰今若倣此意雖不能無弊亦可得一二實才

茅鹿門曰省事勵精二者亦切中今日之情

決壅蔽

第一段言治去無壅蔽之政第二段言壅蔽之害第三段言去壅蔽之術

所貴乎朝廷清明而天下治平者何也天下不訴而無寃不謁而得其所欲此堯舜之盛也其次不能無訴訴而必見察不能無謁謁而必見省使遠方之賤吏不知朝廷之高而一介之小民不識官府之難而後天下治今夫一人之身有一心兩手而已疾痛疴癢動於百體之中雖其甚微不足以爲患而手隨至夫手之至豈其一一而聽之心哉心之所以素愛其身者深而手之所以素聽於心

此一句剪住上意提起下意絶高

者孰是故不待使令而卒然以自至聖人之治天下亦如此而已百官之衆四海之廣使其關節脉理相通爲一叩之而必聞觸之而必應夫是以天下可使爲一身天子之貴士民之賤可使相愛憂患可使同緩急可使救令也不然天下有不幸而訴其冤如訴之於天有不得已而謁其所欲如謁之於鬼神公卿大臣不能究其詳悉而付之於胥吏故凡賄賂先至者朝請而夕得徒手而來者終年而不獲至於故常之事人之所當得而無疑者

遼寧省圖書館藏
陶湘舊藏閔凌刻本集成

莫不務爲畱滯以待請屬舉天下一毫之事非金錢無以行之昔者漢唐之弊患法不明而用之不審使吏得以空虛無據之法而繩天下故小人以無法爲姦今也法令明具而用之至密舉天下惟法之知所欲排者有小不如法而可指以爲瑕所欲與者雖有所乖戾而可借法以爲解故小人以法爲姦今夫天下所爲多事者豈事之誠多耶吏欲有所鬻而未得則新故相仍紛然而不決此王化之所以壅遏而不行也昔桓文之覇百官承職

今天下一小段略講時弊爲承上引下過路處

不待教令而辦四方之賔至不求有司王猛之治秦事至纖悉莫不盡舉而人不以爲煩盖史之所記麻思還冀州請於猛猛曰速裝行矣至暮而符下及出關郡縣皆已被符其令行禁止而無留事者至於纖悉莫不皆然苻堅以戎狄之種至爲霸王兵彊國富垂及升平者猛之所爲固宜其然也今天下治安大吏奉法不敢顧私而府史之屬招權鬻法長吏心知而不問以爲當然此其弊有二而已事繁而官不勤故權在胥吏欲去其弊也莫

任人以省事

如省事而屬精省事莫如任人屬精莫如自上率之令之所謂至繁天下之事關於其中訴者之多而謁者之衆莫如中書與三司天下之事分於百官而中書聽其治要郡縣錢幣制於轉運使而三司受其會計此宜若不至於繁多然中書不待奏課以定其黜陟而關與其事則是不任有司也三司之吏推析贏虛至於毫毛以繩郡縣則是不任轉運使也故曰省事莫如任人古之聖王愛日以求治辨色而視朝苟少安焉而至於日出則終日

率之以勵精

爲之不給以少而言之一日而廢一事一月則可知也一歲則事之積者不可勝數矣欲事之無繁則必勞於始而逸於終晨興而晏罷天子未退則宰相不敢歸安於私第宰相日昃而不退則百官莫不震悚盡力於王事而不敢宴游如此則纖悉隱微莫不舉矣天子求治之勤過於先王而議者不稱王季之晏朝而稱舜之無爲不論文王之日昃而論始皇之量書此何以率天下之怠耶臣故曰厲精莫如自上率之則壅蔽决矣

圖治不厭如走盤珠

遼寧省圖書館藏陶湘舊藏閔凌刻本集成

茅鹿門曰不獨文豐切中時弊

要說官府久任先說天下之吏於勢不可久任

專任使

筆氣絶好當置之座隅

夫吏之與民猶工人之操器易器而操之其始莫不齟齬而不相得是故雖有長才異能之士朝夕而去則不如庸人之久且便也自漢至今言吏治者皆稱孝文之時以爲任人不可以倉卒而責其成功又其三歲一遷吏不爲長遠之計則其所施設一切出於苟簡此天下之士爭以爲言而臣知其未可以卒行也夫天下之吏惟其病多而未有以處也是以擾擾在此如使五六年或七八年而

後遷則將有十年不得調者矣朝廷方將減任子清冗官則其行之當有所待而臣以爲當今之弊有甚不可者夫京兆府天下之所觀望而化王政之所由始也四方之衝兩河之交舟車商賈之所聚金珠錦繡之所積故其民不知有耕稼織紝之勞富貴之所移貨利之所眩故其民不知有恭儉廉退之風以書數爲終身之能以府史賤吏爲鄉黨之榮故其民不知有儒學講習之賢夫是以獄訟繁滋而姦不可止爲治者益以苟且而不暇及

轉常爲奇迥俗入雅

於教化四方觀之使風俗日以薄惡未始不由此也今夫爲京兆者戴星而出見燭而入案牘笞箠交乎其前拱手而待命者足相躡乎其庭持詞而求訴者肩相摩乎其門憧憧焉不知其爲誰一訊而去得罪者不知其得罪之由而無罪者亦不知其無罪之實如此則刑之不服赦之不悛獄訟之繁未有已也夫大司農者天下之所以贏虛外計之所從受命也其財賦之出入簿書之交錯縱橫變化足以爲姦而不可推究上之人不能盡知而

付之吏吏分職乎其中者以數十百人其耳目足
以及吾之所不及是以能者不過粗舉其大綱而
不能者惟吏之聽賄賂交乎其門四方之有求者
聚乎其家天下之大弊無過此二者臣竊以爲今
省府之重其擇人宜精其任人宜久凡今之弊皆
不精不久之故何則天下之賢者不可以多得而
賢者之中求其治繁者又不可以人人而能也幸
而有一人焉又不久而去夫世之君子苟有志於
天下而欲爲長遠之計者則其效不可以朝夕見

遼寧省圖書館藏
陶湘舊藏閔凌刻本集成

其始若迂闊而其終必將有所可觀今朞月不報政則朝廷以爲是無能爲者不待其成而去之而其翕然見稱於人者又以爲有功而擢爲兩府然則是爲省府者能與不能皆不得久也夫以省府之繁終歲不得休息朝廷既以汲汲而去之而其人亦莫不汲汲而求去夫胥吏者皆老於其局長子孫於其中以汲汲求去之人而御長子孫之吏此其相視如客主之勢宜其姦弊不可得而去也省府之位不爲卑矣苟有能者而老於此不爲不

用矣古之用人者知其久勞於位則時有以賜予勸獎之以厲其心不聞其驟遷以奪其成效今天下之吏縱未能一槩久而不遷至於省府亦不可以倉卒而去吏知其久居而不去也則其欺詐固已少衰矣而其人亦得深思熟慮周旋於其間不過十年將必有卓然可觀者也

提綱

無責難

無責難者將有所深責也昔者聖人之立法使人可以過而不可以不及何則其所求於人者衆人之所能也天下有能爲衆人之所不能者固無以加矣而不能者不至於犯法天下如此而猶有犯者然後可以深懲而決去之由此而言則聖人之所以不責人之所不能者將以深責乎人之所能也後之立法者異於是責人以其所不能而其所能者不深責也是以其法不行而其事不立夫事

主客分兩段不似無沮善衆錯綜

責人以所不能

不可以兩立也聖人知其然是故有所取必有所捨有所禁必有所寬寬之則其禁必止捨之則其取必得今夫天下之吏不可以人人而知也故使長吏舉之又恐其舉之以私而不得其人也故使長吏任之他日有敗事則以連坐其過惡重者其罰均且夫人之難知自堯舜病之矣今日爲善而明日爲惡猶不可保况於十數年之後其幼者已壯其壯者已老而猶執其一時之言使同被其罪不已過乎天下之人仕而未得志也莫不勉彊爲

遼寧省圖書館藏
陶湘舊藏閔凌刻本集成

其所能者不深責

善以求舉惟其既已改官而無憂是故蕩然無所不至方其在州縣之中長吏親見其廉謹勤幹之節則其勢不可以不舉而又安知其終身之所爲哉故曰今之法責人以其所不能者謂此也一縣之長察一縣之屬一郡之長察一郡之屬職司者察其屬郡者也此三者其屬無幾耳其貪其廉其寬猛其能與不能不可謂不知也今且有人牧牛羊者而不知其肥瘠是可復以爲牧人歟夫爲長而屬之不知則此固可以罷免而無足惜者今其

責不能之弊如此何以責其所不能乎

屬官有罪而其長不即以聞他日有以告者則其長不過爲失察而去官者又以不坐夫失察天下之微罪也職司察其屬郡郡縣各察其屬此非人之所不能而罰之甚輕亦可怪也今之世所以重發贓吏者何也夫吏之貪者其始必詐廉以求舉舉者皆至公貴人其下者亦卿大夫之列以身任之居官者莫不愛其同類等夷之人故其樹根牢固而不可動連坐者常六七人甚者至十餘人此如盜賊質劫良民以求苟免耳爲法之弊至於如

遼寧省圖書館藏
陶湘舊藏閔凌刻本集成

此亦可變已乎如臣之策以職司守令之罪罪舉官以舉官之罪罪職司守令令使舉官與所舉之罪均縱又加之舉官亦無如之何終不能逆知終身之廉者而後舉特推之於幸不幸而已苟以其罪罪職司守令彼其勢誠有以督察之臣知貪吏小人無容足之地又何必於舉官焉難之

遼寧省圖書館藏
陶湘舊藏閔凌刻本集成

茅鹿門曰專為吏胥以下之才其情與今亦相參而文甚錯綜

蘇文卷之四

無沮善

妙處在于寫変至相形錯雜中有條理轉換處有節制

昔者先王之爲天下必使天下欣欣然常有無窮之心力行不倦而無自棄之意夫惟自棄之人則其爲惡也甚毒而不可解是以聖人畏之設爲高位重祿以待能者使天下皆得踴躍自奮扳援而來惟其才之不逮力之不足是以終不能至於其間而非聖人塞其門絕其塗也夫然故一介之賤吏閭閻之匹夫莫不奔走於善至於老死而不知

添絶之則不用一節來說便見用之不可絶此文字錯綜處

茅鹿門曰又忽生出一層

休息此聖人以術驅之也天下苟有甚惡而不可忍也聖人既已絶之則屏之遠方終身不齒此非獨不仁也以爲既已絶之彼將一旦肆其忿毒以殘害吾民是故絶之則不用用之則不絶既已絶之又復用之則是驅之於不善而又假之以其具也無所望而爲善無所愛惜而不爲惡者天下一人而已矣以無所望之人而責其爲善以無所愛惜之人而求其不爲惡又付之以人民則天下知其不可也世之賢者何常之有或出於賈豎賤人

接得無痕

主

遼寧省圖書館藏
陶湘舊藏閔凌刻本集成

為必可得者張本以與必不可得者相形

主客互發筆一概圓轉

甚者至於盗賊往往而是而儒生貴族世之所望爲君子者或至於放肆不軌小民之所不若聖人知其然是故不逆定於其始進之時而徐觀其所試之效使天下無必得之由亦無必不可得之道天下知其不可以必得也然後勉彊於功名而不敢僥倖知其不至於必不可得也然後有以自慰其心久而不懈嗟夫聖人之所以鼓舞天下之人日化而不自知者此其爲術歟後之爲政者則不然與人以必得而絶之以必不可得此其意以爲

茅鹿門曰先提總客案一段正是與人以必得

茅鹿門曰二段是絕之以必不可得

進賢而退不肖然天下之弊莫甚於此今夫制策之及等進士之高第皆以一日之間而決取終身之富貴此雖一時之文詞而未知其臨事之能否則其用之不已太遽乎天下有用人而絕之者三州縣之吏苟非有大過而不可復用則其他犯法皆可使竭力爲善以自贖而今世之法一陷於罪戾則終身不遷使之不自聊賴而疾視其民肆意妄行而無所顧惜此其初未必小人也不幸而陷於其中途窮而無所入則遂以自棄府史賤吏爲

掉尾甚活

國者知其不可闕也是故歲久則補以外官以其所從來之卑也而限其所至則其中雖有出羣之才終亦不得齒於士大夫之列夫人出身而仕者將以求貴也貴不可得而至矣則將惟富之求此其勢然也如是則雖至於鞭笞戮辱而不足以禁其貪故夫此二者苟不可以遂棄則宜有以少假之也入貲而仕者皆得補郡縣之吏彼知其終不得遷亦將逞其一時之欲無所不至夫此誠不可以遷也則是用之之過而已臣故曰絕之則不用

用之則不絕此三者之謂也

遼寧省圖書館藏
陶湘舊藏閔凌刻本集成

茅鹿門曰看他行文紆徐婉轉將言不言處

敦教化

敦教化在於務實而不務名務實而不務名在於實其言而去其虛

夫聖人之於天下所恃以爲牢固不拔者在乎天下之民可與爲善而不可與爲惡也昔者三代之民見危而授命見利而不忘義此非必有爵賞勸乎其前而刑罰驅乎其後也其心安於爲善而忸怩於不義是故有所不爲夫民知其所不爲則天下不可以敵甲兵不可以威利祿不可以誘可殺可辱可飢可寒而不可與叛此三代之所以享國長久而不拔也及至秦漢之世其民見利而忘義

見危而不能授命法禁之所不及則巧僞變詐無所不爲疾視其長上而幸其災因之以水旱加之以盜賊則天下蕩然無復天子之民矣世之儒者嘗有言曰三代之時其所以教民之具甚詳且密也學校之制射御之節冠婚喪祭之禮粲然莫不有法及至後世教化之道衰而盡廢其具是以若此無恥也然世之儒者盖亦嘗試以此等教天下之民矣而卒以無效使民好文而益媮飾詐而相高則有之矣此亦儒者之過也臣愚以爲若此者

遼寧省圖書館藏
陶湘舊藏閔凌刻本集成

名實二字一篇議論根子後面節節照此

此一段與上三代之民一段意相次特有淺深之分耳

皆好古而無術知有教化而不知名實之所存者也實者所以信其名而名者所以求其實也有名而無實則其名不行有實而無名則其實不長凡今儒者之所論皆其名也昔武王既克商散財發粟使天下知其不貪禮下賢俊使天下知其不驕封先聖之後使天下知其仁誅飛廉惡來使天下知其義如此則其教化天下之實固已立矣天下聳然皆有忠信廉耻之心然後文之以禮樂教之以學校觀之以射御而謹之以冠婚喪祭民是以

茅鹿門曰信義二字提掇後面許多議論

目擊而心諭安行而自得也及至秦漢之世專用法吏以督責其民至於今千有餘年而民日以貪冒嗜利而無耻儒者乃始以三代之禮所謂名者而繩之彼見其登降揖讓盤辟俯僂之容則掩口而竊笑聞鐘鼓管磬希夷嘽緩之音則驚顧而不樂如此而欲望其遷善遠罪不已難乎臣愚以為宜先其實而後其名擇其近於人情者而先之今夫民不知信則不可與久居於安民不知義則不可與同處於危平居則欺其吏而有急則叛其君

遼寧省圖書館藏
陶湘舊藏閔凌刻本集成

茅鹿門曰提當時二弊

此教化之實不至天下之所以無變者幸也欲民之知信則莫若務實其言欲民之知義則莫若務去其貪往者河西用兵而家人子弟皆籍以爲軍其始也官告以權時之宜非久役者如是當復爾業少焉皆刺其額無一人得免自寶元以來諸道以兵興爲辭而增賦者至今皆不爲除去夫如是將何止民之詐欺哉夫所貴乎縣官之尊者爲其恃於四海之富而不爭於錐刀之末也其與民也優其取利也緩古之聖人不得已而取則時有所

不實其言

不去其貪

置以明其不貪何者小民不知其說而惟貪之知今雞鳴而起百工雜作匹夫入市操挾尺寸吏且隨而稅之扼吭拊背以收絲毫之利古之設官者求以裕民今之設官者求以勝民賦斂有常限而以先期爲賢出納有常數而以羨息爲能天地之間苟可以取者莫不有禁求利太廣而用法太密故民日趨於貪臣愚以爲難行之言當有所必行而可取之利當有所不取以教民信而示之義若曰國用不足而未可以行則臣恐其失之多於得

遼寧省圖書館藏
陶湘舊藏閔凌刻本集成

也。

茅鹿門曰三代之遺言溷見而文亦爽

勸親睦　論宗法獨詳而文不甚曲折

夫民相與親睦者王道之始也昔三代之制畫爲井田使其比閭族黨各相親愛有急相賙有喜相慶死喪相恤疾病相養是故其民安居無事則往來歡欣而獄訟不生有寇而戰則同心并力而緩急不離自秦漢以來法令峻急使民離其親愛欣歡之心而爲鄰里告訐之俗富人子壯則出居貧人子壯則出贅一國之俗而家各有法一家之法而人各有心紛紛乎散亂而不相屬是以禮讓之

茅鹿門曰與潁濱民政意同

風息而爭鬭之獄繁天下無事則務爲欺詐相傾以自戕天下有變則流徙渙散相棄以自存嗟夫秦漢以下天下何其多故而難治也此無他民不愛其身故輕犯法輕犯法則王政不行欲民之愛其身則莫若使其父子親兄弟和而妻子相好夫民仰以事父母旁以睦兄弟而俯以卹妻子則其所賴於生者重而不忍以其身輕犯法三代之政莫尚於此矣今欲敎民和親則其道必始於宗族臣欲復古之小宗以收天下不相親屬之心古者

遼寧省圖書館藏
陶湘舊藏閔凌刻本集成

此段全用禮文

有大宗有小宗故禮曰別子爲祖繼別爲宗繼禰者爲小宗有百世不遷之宗有五世則遷之宗百世不遷者別子之後也宗其繼別子之所自出者百世不遷者也宗其繼高祖者五世則遷者也古者諸侯之子弟異姓之卿大夫始有家者不敢禰其父而自使其嫡子後之則爲大宗族人宗之雖百世而宗子死則爲之服齊衰九月故曰宗其繼別子之所自出者百世不遷者也別子之庶子又不得禰別子而自使其嫡子爲後則爲小宗小宗

五世之外則無服其繼禰者親兄弟爲之服其繼
祖者從兄弟爲之服其繼曾祖者再從兄弟爲之
服其繼高祖者三從兄弟爲之服其服大功九月
而高祖以外親盡則易宗故曰宗其繼高祖者五
世則遷者也小宗四有繼高祖者有繼曾祖者有
繼祖者有繼禰者與大宗爲五此所謂五宗也古
者立宗之道嫡子旣爲宗則其庶子之嫡子又各
爲其庶子之宗其法止於四而其實無窮自秦漢
以來天下無世卿大宗之法不可以復立而其可

遼寧省圖書館藏
陶湘舊藏閔凌刻本集成

以收合天下之親者有小宗之法存而莫之行此甚可惜也今夫天下所以不重族者有族而無宗也有族而無宗則族不可合族不可合則雖欲親之而無由也族人而不相親則忘其祖矣今世之公卿大臣賢人君子之後所以不能世其家如古之久遠者其族散而忘其祖也故莫若復小宗使族人相率而尊其宗子宗子死則爲之加服犯之則以其服坐貧賤不敢輕而富貴不敢以加之冠婚必告喪必赴此非有所難行也今夫良民之家

士大夫之族亦未必無孝悌相親之心而族無宗子莫爲之糾率其勢不得相親是以世之人有親未盡而不相往來冠婚不相告死不相赴而無知之民遂至於父子異居而兄弟相訟然則王道何從而興乎嗚呼世人之患在於不務遠見古之聖人合族之法近於迂闊而行之朞月則望其有益故夫小宗之法非行之難而在乎久而不怠也天下之民欲其忠厚和柔而易治其必自小宗始矣

遼寧省圖書館藏
陶湘舊藏閔凌刻本集成

茅鹿門曰文甚疎略其欲使天下之官遊從之荆襄唐鄧許洛陳蔡之間其說難行

茅鹿門曰叙俗事極踈爽

均戶口

說弊處與區畫處文皆贍閎時策可以此體

夫中國之地足以食中國之民有餘也而民常病於不足何哉地無變遷而民有聚散聚則爭於不足之中而散則棄於有餘之外是故天下常有遺利而民用不足昔者三代之制度地以居民民各以其夫家之衆寡而受田於官一夫而百畝民不可以多得尺寸之地而地亦不可以多得一介之民故其民均而地有餘當周之時四海之內地方千里者九而京師居其一有田百同而爲九百萬

夫之地山林陵麓川澤溝瀆城郭宮室塗巷三分去一爲六百萬夫之地又以上中下田三等而通之以再易爲率則王畿之内足以養三百萬之衆以九州言之則是二千七百萬夫之地也而計之以下農夫一夫之地而食五人則是萬有三千五百萬人可以仰給於其中當成康刑措之後其民極盛之時九州之籍不過十三萬四千有餘夫地以十倍而民居其一故穀常有餘而地力不耗何者均之有術也自井田廢而天下之民轉徙無常

遼寧省圖書館藏陶湘舊藏閔凌刻本集成

雙提分應

惟其所樂則聚以爲市側肩躡足以爭尋常挈妻負子以分升合雖有豐年而民無餘蓄一遇水旱則弱者轉於溝壑而强者聚爲盜賊地非不足而民非加多也蓋亦不得均民之術而已夫民之不均其弊有二上之人賤農而貴末忽故而重新則民不均夫民之爲農者莫不重遷其墳墓廬舍桑麻果蔬牛羊耒耜皆爲子孫百年之計惟其百工技藝游手浮食之民然後可以懷輕資而極其所往是故上之人賤農而貴末則農民捨其耒耜而

數提分應

游於四方擇其所利而居之其弊一也凡人之情怠於久安而謹於新集水旱之後盜賊之餘則必省刑罰薄稅斂輕力役以懷逋逃之民而其久安而無變者則不肯無故而加恤是故上之人忽故而重新則其民稍稍引去聚於其所重之地以至於衆多而不能容其弊二也臣欲去其二弊而開其二利以均斯民昔者聖人之興作也必因人之情故易爲功必因時之勢故易爲力今欲無故而遷徙安居之民分多而益寡則怨謗之門盜賊之

遼寧省圖書館藏
陶湘舊藏閔凌刻本集成

宋時楚多曠土故子由亦有此議

端必起於此未享其利而先被其害臣愚以爲民之情莫不懷土而重去惟士大夫出身而仕者狃於遷徙之樂而忘其鄉昔漢之制吏二千石皆徙諸陵麓爲今之計可使天下之吏仕至某者皆徙荆襄唐鄧許汝陳蔡之間今士大夫無不樂居於此者顧恐獨往而不能濟彼見其儕類等夷之人莫不在焉則其去惟恐後耳此其所謂因人之情夫天下不能歲歲而豐也則必有飢饉流亡之所民方其困急時父子且不能相顧又安知去鄉之

爲戚哉當此之時募其樂徙者而使所過廩之費不甚厚而民樂行此其所謂因時之勢然此二者皆授其田貸其耕耘之具而緩其租然後可以固其意夫如是天下之民其庶乎有息肩之漸也

遼寧省圖書館藏陶湘舊藏閔凌刻本集成

茅鹿門曰與今江南賦役之患不同今江以北戶止開石數而不及田之畝數正如此

茅鹿門曰從語互見

較賦役 說透情弊後處置少疎

自兩稅之興因地之廣狹瘠腴而制賦因賦之多少而制役其初蓋甚均也責之厚賦則其財足以供署之重役則其力足以堪何者其輕重厚薄一出於地而不可易也戶無常賦視地以爲賦人無常役視賦以爲役是故貧者鬻田則賦輕而富者加地則役重此所以度民力之所勝亦所以破兼并之門而塞僥倖之源也及其後世歲月既久則小民稍稍爲姦度官吏耳目之所不及則雖有法

茅鹿門曰縱法之弊

禁公行而不忌今夫一戶之賦官知其爲賦之多少而不知其爲地之幾何也如此則增損出入惟其意之所爲官吏雖明法禁雖嚴而其勢無由以止絕且其爲姦常起於貿易之際夫鬻田者必窮迫之人而所從鬻者必富厚有餘之家富者恃其有餘而邀之貧者迫於飢寒而欲其速售是故多取其地而少入其賦有田者方其窮困之中苟可以緩一時之急則不暇計其他日之利害故富者地日以益而賦不加多貧者地日以削而賦不加

茅鹿門曰造語互見

少又其姦民欲計免其賦役者割數畝之地加之以數倍之賦而收其少半之直或者亦貪其直之微而取焉是以數十年來天下之賦大抵淆亂有兼并之族而賦甚輕有貧弱之家而不免於重役以至於破敗流移而不知其所往其賦存而其人亡者天下皆是也夫天下不可以有僥倖也天下有一人焉僥倖而免則亦必有一人焉不幸而受其弊今天下僥倖者如此之衆則其不幸而受弊者從可知矣三代之賦以什一爲輕今之法本不

轉接處斷而不斷

至於什一而取然天下嗷嗷然以賦斂爲病者豈
其歲久而姦生偏重而不均以至於此歟雖然天
下皆知其爲患而不能去何者勢不可也今欲按
行其地之廣狹瘠腴而更制其賦之多寡則姦吏
因緣爲賄賂之門其廣狹瘠腴亦將一切出於其
意之喜怒而其患益深是故士大夫畏之而不敢
議而臣以爲此最易見者顧弗之察耳夫易田者
必有契契必有所直之數其所直之數必得其廣
狹瘠腴之實而官必據其所直之數而取其易田

遼寧省圖書館藏
陶湘舊藏閔凌刻本集成

之稅是故欲知其地之廣狹瘠腴可以其稅推也久遠者不可復知矣其數年之間皆足以推較求之故府猶可得而見苟其稅多者則知其直多其直多者則知其田多且美也如此而其賦少其役輕夫人亡而賦存者可以有均矣鬻田者皆以其直之多少而給其賦重爲之禁而使不敢以不實之直而書之契則夫自今以往者貿易之際爲姦者其少息矣要以知凡地之所直與凡賦之所宜多少而以稅參之如此則一持籌之吏坐於帳中

足以周知四境之虛實。不過數月而民得以少蘇。不然。十數年之後。將不勝其弊。重者日以輕。輕者日以重。而未知其所終也。

遼寧省圖書館藏
陶湘舊藏閔凌刻本集成

茅鹿門曰宋嘉祐間海內狃於晏安而耻言兵故子瞻特揆此論

教戰守

[illegible]破宋室膏肓之病靖康之禍如逆睹其事者其文閎衍浩大尤不可及

夫當今生民之患果安在哉在於知安而不知危能逸而不能勞此其患不見於今而將見於他日今不爲之計其後將有所不可救者昔者先王知兵之不可去也是故天下雖平不敢忘戰秋冬之隙致民田獵以講武教之以進退坐作之方使其耳目習於鐘鼓旌旗之間而不亂使其心志安於斬刈殺伐之際而不懾是以雖有盜賊之變而民不至於驚潰及至後世用迂儒之議以去兵爲王

茅鹿門曰借天寶爲議論

茅鹿門曰以譬喻爲正論

者之盛節天下既定則卷甲而藏之數十年之後甲兵頓弊而人民日以安於佚樂卒有盜賊之警則相與恐懼訛言不戰而走開元天寶之際天下豈不大治惟其民安於太平之樂豢於游戲酒食之間其剛心勇氣消耗鈍眊痿蹷而不復振是以區區之祿山一出而乘之四方之民獸奔鳥竄乞爲囚虜之不暇天下分裂而唐室因以微矣蓋嘗試論之天下之勢譬如一身王公貴人所以養其身者豈不至哉而其平居常苦於多疾至於農夫

遼寧省圖書館藏陶湘舊藏閔凌刻本集成

茅鹿門曰收住纔入時弊

小民終歲勤苦而未嘗告病此其故何也夫風雨霜露寒暑之變此疾之所由生也農夫小民盛夏力作而窮冬暴露其筋骸之所衝犯肌膚之所浸漬輕霜露而狎風雨是故寒暑不能爲之毒今王公貴人處於重屋之下出則乘輿風則襲裘雨則御蓋凡所以慮患之具莫不備至畏之太甚而養之太過小不如意則寒暑入之矣是故善養身者使之能逸而能勞步趨動作使其四體狃於寒暑之變然後可以剛健彊力涉險而不傷夫民亦然

今者治平之日久天下之人驕惰脆弱如婦人孺子不出於閨門論戰鬬之事則縮頸而股慄聞盜賊之名則掩耳而不願聽而士大夫亦未嘗言兵以爲生事擾民漸不可長此不亦畏之太甚而養之太過歟且夫天下固有意外之患也愚者見四方之無事則以爲變故無自而有此亦不然矣今國家所以奉西北之虜者歲以百萬計奉之者有限而求之者無厭此其勢必至於戰戰者必然之勢也不先於我則先於彼不出於西則出於北所

遼寧省圖書館藏
陶湘舊藏閔凌刻本集成

芳乘門由子瞻於蕃所用則爲治兵之說於教戰守則爲都試之法二者參行之方得其用

不可知者有遲速遠近而要以不能免也天下苟不免於用兵而用之不以漸使民於安樂無事之中一旦出身而蹈死地則其爲患必有所不測故曰天下之民知安而不知危能逸而不能勞此臣所謂大患也臣欲使士大夫尊尚武勇講習兵法庶人之在官者教以行陣之節役民之司盜者授以擊刺之術每歲終則聚於郡府如古都試之法有勝負有賞罰而行之既久則又以軍法從事然議者必以爲無故而動民又撓以軍法則民將不

安而臣以爲此所以安民也天下果未能去兵則其一旦將以不教之民而驅之戰夫無故而動民雖有小怨然孰與夫一旦之危哉今天下屯聚之兵驕豪而多怨陵壓百姓而邀其上者何故此其心以爲天下之知戰者惟我而已如使平民皆習於兵彼知有所敵則固已破其姦謀而折其驕氣利害之際豈不亦甚明歟

進一步

呂雅山人此篇文字絕高肆意之玲瓏神髓之融液勢態之迤邐各臻其妙

茅鹿門曰論利害處刺骨

去姦民

體正意明

自昔天下之亂必生於治平之日休養生息而姦民得容於其間蓄而不發以待天下之釁至於時有所激勢有所乘則潰裂四出不終朝而毒流於天下聖人知其然是以嚴法禁督官吏以司察天下之姦民而去之夫大亂之本必起於小姦惟其小而不足畏是故其發也常至於亂天下今夫世人之所憂以爲可畏者必曰豪俠大盜此不知變者之說也天下無小姦則豪俠大盜無以爲資且

此段言大盜始必為小姦小姦終必為大盜所以當去姦民姦民之患

其治平無事之時雖欲為大盜將安所容其身而其殘忍貪暴之心無所發洩則亦時出為盜賊聚為博奕群飲於市肆而叫號於郊野小者呼雞逐狗大者椎牛發冢無所不至捐父母棄妻孥而相與嬉遊凡此者舉非小盜也天下有釁鋤耕不務相率而剽奪者皆鄉之小盜也昔三代之聖王果斷而不疑誅除擊去無有遺類所以擁護良民而使安其居及至後世刑法日以深嚴而去姦之法乃不及於三代何者待其敗露自入於刑而後去

遼寧省圖書館藏
陶湘舊藏閔凌刻本集成

茅鹿門曰周盛時德意似寬而法寔密

也夫爲惡而不入於刑者固已衆矣有終身爲不義而其罪不可指名以附於法者有巧爲規避持吏短長而不可詰者又有因緣幸會而免者如必待其自入於刑則其所去者蓋無幾耳昔周之制民有罪惡未麗於法而害於州里者桎梏而坐諸嘉石重罪役之朞以次輕之其下罪三月役使州里任之然後宥而舍之其化之不從威之不格患苦其鄉之民而未入于五刑者謂之罷民凡罷民不使冠帶而加明刑任之以事而不齒於鄉黨由

是觀之則周之盛時日夜整齊其人民而鋤去其不善譬如獵人終日馳驅踐蹂於草茅之中搜求伏兎而搏之不待其自投於網羅而後取也夫然故小惡不容於鄉大惡不容於國禮樂之所以易化而法禁之所以易行者由此之故也今天下久安天子以仁恕爲心而士大夫一切以寛厚爲稱上意而懦夫庸人又有僥倖務出罪人外以邀雪冤之賞而內以待陰德之報臣是以知天下頗有不誅之姦將爲子孫憂宜明勑天下之吏使以歲

茅鹿門曰結歸天下大利害處便聳動人

時糾察凶民而徙其尤無良者不必待其自入於刑而間則命使出按郡縣有子不孝有弟不悌好訟而數犯法者皆誅無赦誅一鄉之姦則一鄉之人悅誅一國之姦則一國之人悅要以誅寡而悅衆則雖舜亦如此而已矣天下有三患而蠻夷之憂不與焉有內大臣之變有外諸侯之叛有匹夫群起之禍此三者其勢常相持內大臣有權則外諸侯不叛外諸侯強則匹夫群起之禍不作今者內無權臣外無強諸侯而萬世之後其可憂者姦

民也。臣故曰去姦民以爲安民之終云。

遼寧省圖書館藏
陶湘舊藏閔凌刻本集成

茅鹿門曰子瞻論節財處甚工而所舉郊之賞與夫宮觀使及都水監二者又特冗官之一子瞻必有忌諱而未盡之說

省費用

原

說得數暢明白

夫天下未嘗無財也昔周之興文王武王之國不過百里當其受命四方之君長交至於其廷軍旅四出以征伐不義之諸侯而未嘗患無財方此之時關市無征而山澤不禁取於民者不過什一而財有餘及其衰也內食千里之租外收千八百國之貢而不足於用由此觀之夫財豈有多少哉人君之於天下俯已以就人則易爲功仰人以援已則難爲力是故廣取以給用不如節用以廉取之

伏後案

茅鹿門曰：一跌撓精神。

茅鹿門曰：用本朝詔文，前

爲易也。臣請得以小民之家而推之。夫民方其窮困時，所望不過十金之資，計其衣食之費，妻子之奉，出入於十金之中，寛然而有餘。及其一旦稍稍蓄聚，衣食既足，則心意之欲日以漸廣，所入益衆，而所欲益以不給，不知罪其用之不節，而以爲求之未至也。是以富而愈貪，求愈多而財愈不供。此其爲惑未可以知其所終也。盍亦反其始而思之？夫嚮者豈能寒而不衣、飢而不食乎？今天下汲汲乎以財之不足爲病者，何以異此？國家創業之初

遼寧省圖書館藏陶湘舊藏閔凌刻本集成

既詳時處又宜累累點過

如此三段氣大才豪

四方割據中國之地至狹也然歲歲出師以誅討僭亂之國南取荆楚西平巴蜀而東下并潞其費用之衆又百倍於今可知也然天下之士未嘗思其始而喘喘焉患今世之不足則亦甚惑矣夫爲國有三計有萬世之計有一時之計有不終月之計古者三年耕必有一年之蓄以三十年之通計則可以九年無飢也歲之所入足用而有餘是以九年之蓄常閑而無用卒有水旱之變盜賊之憂則官可以自辦而民不知如此者天不能使之災

地不能使之貧四夷盜賊不能使之困此萬世之計也而其不能者一歲之入纔足以爲一歲之出天下之產僅足以供天下之用其平居雖不至於虐取其民而有急則不免於厚賦故其國可靜而不可動可逸而不可勞此亦一時之計也至於最下而無謀者量出以爲入用之不給則取之益多天下晏然無大患難而盡用衰世苟且之法不知有急則將何以加之此所謂不終月之計也今天下之利莫不盡取山陵林麓莫不有禁關有征市

遼寧省圖書館藏陶湘舊藏閔凌刻本集成

茅鹿門曰就譬喻上收極好

茅鹿門曰何等頓挫

有租鹽鐵有榷酒有課茶有筭則凡衰世苟且之法莫不盡用矣譬之於人其少壯之時豐健勇武然後可以望其無疾以至於壽考今未五六十而衰老之候具見而無遺若八九十者將何以待其後耶然天下之人方且窮思竭慮以廣求利之門且人而不思則以爲費用不可復省使天下而無鹽鐵酒茗之稅將不爲國乎臣有以知其不然也

轉

天下之費固有去之甚易而無損存之甚難而無益者矣臣不能盡知請舉其所聞而其餘可以類

求焉夫無益之費名重而實輕以不急之實而被
之以莫大之名是以疑而不敢去三歲而郊郊而
赦赦而賞此縣官有不得已者天下吏士數日而
待賜此誠不可以卒去至于大吏所謂股肱耳目
與縣官同其憂樂者此豈亦不得已而有所畏耶
天子有七廟今又飾老佛之宮而爲之祠固已過
矣又使大臣以使領之歲給以巨萬計此何爲者
也天下之吏爲不少矣將患未得其人苟得其人
則凡民之利莫不備舉而其患莫不盡去今河水

遼寧省圖書館藏陶湘舊藏閔凌刻本集成

爲患不使濱河州郡之吏親視其災而責之以救災之術顧爲都水監夫四方之水患豈其一人坐籌於京師而盡其利害天下有轉運使足矣今江淮之間又有發運祿賜之厚徒兵之衆其爲費豈勝計哉蓋嘗聞之里有畜馬者患牧人欺之而盜其蒭菽也又使一人焉爲之廐長廐長立而馬益癯今爲政不求其本而治其末自是而推之天下無益之費不爲不多矣臣以爲凡若此者日求而去之自毫釐以往莫不有益惟無輕其毫釐而積

之。則天下庶乎少息也。

唐荊川曰此篇逐段說去造語頗平

茅鹿門曰經國之言

定軍制

此策當與穎濱民政第四策參看

自三代之衰井田廢兵農異處兵不得休而爲民民不得息肩而無事於兵者千有餘年而未有如今日之極者也三代之制不可復追矣至於漢唐猶有可得而言者夫兵無事而食則不可使聚聚則不可使無事而食此二者相勝而不可並行其勢然也今夫有百頃之閒田則足以牧馬千駟而不知其費聚千駟之馬而輸百頃之芻則其費百倍此易曉也昔漢之制有踐更之卒而無營田之

兵雖皆出於農夫而方其爲兵也不知農夫之事是故郡縣無常屯之兵而京師亦不過有南北軍期門羽林而已邊境有事諸侯有變皆以虎符調發郡國之兵至於事已而兵休則渙然各復其故是以其兵雖不知農而天下不至於弊者未嘗聚也唐有天下置十六衛府兵天下之府八百餘所而屯於關中者至有五百然皆無事則力耕而積穀不唯以自贍養而又有以廣縣官之儲是以其兵雖聚於京師而天下亦不至於弊者未嘗無事

而食也今天下之兵不耕而聚於京畿三輔者以數十萬計皆仰給於縣官有漢唐之患而無漢唐之利擇其偏而兼用之是以兼受其弊而莫之分也天下之財近自淮甸而遠至乎吳蜀凡舟車所至人力所及莫不盡取以歸於京師晏然無事而賦斂之厚至於不可復加而三司之用猶苦其不給其弊皆起於不耕之兵聚於内而食四方之貢賦非特如此而已又有循環往來屯戍於郡縣者昔建國之初所在分裂擁兵而不服太祖太宗躬

說禁兵出戍之弊凡三節

擐甲冑力戰而取之既降其君而籍其疆土矣然其故基餘孽猶有存者上之人見天下之難合而恐其復發也於是出禁兵以戍之大自藩府而小至於縣鎮往往皆有京師之兵由此觀之則是天下之地一尺一寸皆天子自爲守也而可以長久而不變乎費莫大於養兵養兵之費莫大於征行

一節

今出禁兵而戍郡縣遠者或數千里其月廩歲給之外又日供其芻糧三歲而一遷往者紛紛來者纍纍雖不過數百爲輩而要其歸無以異於數十

茅鹿門曰宋兵聚而食故弱而又驕

唐荊川曰先禁兵以起事

萬之兵三歲而一出征也農夫之力安得不竭餽運之卒安得不疲且今天下未嘗有戰鬬之事武夫悍卒非有勞伐可以邀其上之人然皆不得爲休息閑居無用之兵者其意以爲爲天子出戍也是故美衣豐食開府庫輦金帛若有所負一逆其意則欲群起而噪呼此何爲者也天下一家且數十百年矣民之戴君至於海隅無以異於畿甸亦不必舉疑四方之兵而專信禁兵也曩者蜀之有妖賊與近歲貝州之亂未必非禁兵致之臣愚以

後土兵以綴
事

爲郡縣之土兵可以漸訓而陰奪其權則禁兵可
以漸省而無用天下武健豈有常所哉山川之所
習風氣之所咻四方之民一也昔者戰國嘗用之
矣蜀人之怯懦吳人之短小皆常以抗衡於上國
又安得禁兵而用之今之土兵所以鈍弊劣弱而
不振者彼見郡縣皆有禁兵而待之異等是以自
棄於賤隷役夫之間而將吏亦莫之訓也苟禁兵
可以漸省而以其資糧益優郡縣之土兵則彼固
以歡欣踊躍出於意外戴上之恩而願效其力又

遼寧省圖書館藏
陶湘舊藏閔淩刻本集成

何遽不如禁兵耶天土兵日以多禁兵日以少天子扈從捍城之外無所復用如此則内無屯聚仰給之費而外無遷徙供饋之勞費之省者又以過半矣

禁兵以戍無行兵之勞而有行兵之費誠不若土著之兵且守且屯不至於聚而耗食其文明辨闊肆

茅鹿門曰戍禁兵不如募土兵今歲戍延綏之兵以衛薊遼無策之甚者

茅鹿門曰欲募天下之將材而歸之於武舉治兵固是一說然其本尤在君相之一心一氣與下段相叫應

蓄材用

欲強兵在於蓄人才蓄人才在於武舉拔之於先治兵觀之於後

夫今之所患兵弱而不振者豈士卒寡少而不足使歟器械鈍弊而不足用歟抑爲城郭不足守歟廩食不足給歟此數者皆非也然所以弱而不振則是無材用也夫國之有材譬如山澤之有猛獸江湖之有蛟龍伏乎其中而威乎其外悚然有所不可狎者至于鰍蚖之所蟠羘豚之所伏雖千仞之山百尋之溪而人易之何則其見於外者不可欺也天下之大不可謂無人朝廷之尊百官之富

茅鹿門曰以上論無才以

不可謂無才然以區區之二虜舉數州之衆以臨中國抗天子之威犯天下之怒而其氣不嘗少衰其詞未嘗少挫則是其心無所畏也主憂則臣辱主辱則臣死今朝廷之士不能無憂而大臣恬然未有拒絶之議非不欲絶也而未有以待之則是朝廷無所恃也沿邊之民西顧而戰慄牧馬之士不敢彎弓而北嚮吏士未戰而先期於敗則是民輕其上也外之蠻夷無所畏内之朝廷無所恃而民又自輕其上此猶足以爲有人乎天下未嘗無

遼寧省圖書館藏
陶湘舊藏閔凌刻本集成

下論求才

以無益之名而致天下之實者武舉方畧是也以可見之實而較天下之虛名者治兵是也

言當以流舉求才是以無益之名而致天下之實也

才患所以求才之道不至古之聖人以無益之名而致天下之實以可見之實而較天下之虛名二者相爲用而不可廢是故其始也天下莫不紛然奔走從事於其間而要之以其終不肖者無以欺其上此無他先名而後實也不先其名而唯實之求則來者寡來者寡則不可以有所擇以一旦之急而用不擇之人則是不先名之過也天子之所嚮天下之所奔也今夫孫吳之書其讀之者未必能戰也多言之士喜論兵者未必能用也進之以

武舉試之以騎射天下之奇才未必至也然將以求天下之實則非此三者不可以致以爲未必然而棄之則是其必然者恐不可得而見也往者西師之興其先也惟不以虛名多致天下之才而擇之以待一旦之用故其兵興之際四顧惶惑而不知所措於是設武舉購方畧收勇悍之士而開猖狂之言不愛高爵重賞以求强兵之術當此之時天下囂然莫不自以爲知兵也來者日多而其言益以無據至於臨事終不可用執事之臣亦遂厭

遼寧省圖書館藏陶湘舊藏閔凌刻本集成

此一段牽搖上下文

之而知其無益故兵休之日舉從而廢之今之論
者以爲武舉方略之類適足以開僥倖之門而天
下之實才終不可以求得此二者皆過也夫既已
用天下之虛名而不較之以實至其弊也又舉而
廢其名使天下之士不復以兵術進亦已過矣天
下之實才不可以求之於言語又不可以較之於
武力獨見之於戰耳戰不可得而試也是故見之
於治兵子玉治兵於蔿終日而畢鞭七人貫三人
耳蔿賈觀之以爲剛而無禮知其必敗孫武始見

試以婦人而猶足以取信於闔閭使知其可用故凡欲觀將帥之才否莫知治兵之不可欺也今夫新募之兵驕而難令勇悍而不知戰此真足以觀天下之才也武舉方略之類以來之新兵以試之觀其顏色和易則足以見其氣約束堅明則足以見其威坐作進退各得其所則足以見其能凡此者皆不可彊也故曰先之以無益之虛名而較之以可見之實才庶乎可得而用也

遼寧省圖書館藏
陶湘舊藏閔凌刻本集成

茅鹿門曰精悍之識博達之才

睟含殺人費用意

練軍實

變化錯綜處非口舌能言其妙

三代之兵不待擇而精其故何也兵出於農有常數而無常人國有事要以一家而備一正卒如斯而已矣是故老者得以養疾病者得以爲閑民而役於官者莫不皆其壯子弟故其無事而田獵則未嘗發老弱之民兵行而餽糧則未嘗食無用之卒使之足輕險阻而手易器械聰明足以察旗鼓之節强鋭足以犯死傷之地千乘之衆而人人足以自捍故殺人少而成功多費用省而兵卒强盖

悉撥

春秋之時諸侯相幷天下百戰其經傳所見謂之敗績者如城濮鄢陵之役皆不過犯其偏師而獵其游卒斂兵而退未有僵尸百萬流血於江河如後世之戰者何也民各推其家之壯者以爲兵則其勢不可得而多殺也及至後世兵民既分兵不得復而爲民於是始有老弱之卒夫既已募民而爲兵其妻子屋廬既已託於營伍之中而其姓名既已書於官府之籍行不得爲商居不得爲農而仰食於官至於衰老而無歸則其道誠不可以棄

遼寧省圖書館藏
陶湘舊藏閔凌刻本集成

茅鹿門曰殺人費用二事入得錯綜

殺之

去是故無用之卒雖薄其資糧而皆廩之終身凡民之生自二十以上至於衰老不過四十餘年之間勇銳强力之氣足以犯堅冒刃者不過二十餘年不廩之終身則是一卒凡二十年無用而食於官也自此而推之養兵十萬則是五萬人可去也屯兵十年則是五年爲無益之費也民者天下之本而財者民之所以生也有兵而不可使戰是謂棄財不可使戰而驅之戰是謂棄民臣觀秦漢之後天下何其殘敗之多耶其弊皆起於分民而爲

兵兵不得休使老弱不堪之卒拱手而就戮故有以百萬之衆而見屠於數千之兵者其良將善用不過以爲餌委之啖賊嗟夫三代之衰民之無罪而死者其不可勝數矣今天下募兵至多往者陝西之役舉籍平民以爲兵加以明道寶元之間天下旱蝗以及近歲青齊之飢與河朔之水災民急而爲兵者日以益衆舉籍而按之近歲以來募兵之多無如今日者然皆老弱不教不能當古之十五而衣食之費百倍於古此甚非所以長久而不

遼寧省圖書館藏陶湘舊藏閔凌刻本集成

上下五節相應處極其組織細密而不見一毫線索

變者也凡民之爲兵者其類多非良民方其少壯之時博奕飲酒不安於家而後能捐其身至其少衰而氣沮蓋亦有悔而不可復者矣臣以爲五十已上願復爲民者宜聽自今以往民之願爲兵者皆三十以下則收限以十年而除其籍民三十而爲兵十年而復歸其精力思慮猶可以養生送死爲終身之計使其應募之日心知其不出十年而爲十年之計則除其籍而不怨以無用之兵終日坐食之費而爲重募則應者必衆如此縣官長無

茅鹿門曰上五節是散說下一節是頓說信手撚來頭頭是道

老翁之兵而民之不任戰者不至於無罪而死彼皆知其不過十年而復爲平民則自愛其身而重犯法不至於叫呼無賴以自棄於凶人今夫天下之患在於民不知兵故兵常驕悍於民常怯賊盜攻之而不能禦戎狄掠之而不能抗今使民得更代而爲兵兵得復還而爲民則天下之知兵者衆而盜賊戎狄將有所忌然猶有言者將以爲十年而代故者已去而新者未教則緩急有所不濟夫所謂十年而代者豈其舉軍而並去之有始至者

應第五

一步

又進

遼寧省圖書館藏陶湘舊藏閔凌刻本集成

有既久者有將去者有當代者新故雜居而教之則緩急可以無憂矣

茅鹿門曰此等文須看承上聯下字眼

茅鹿門曰氣之一字極中兵情而通篇行文如虬龍之駕風雲而掀山谷而杳不可測

倡勇敢

文字止兩大段而迴旋進退極有巧思讀者自見其筆勢飛舞不可踪跡

戰以勇爲主以氣爲决天子無皆勇之將而將軍無皆勇之士是故致勇有術致勇莫先乎倡倡莫善乎私此二者兵之微權英雄豪傑之士所以陰用而不言於人而人亦莫之識也臣請得以備言之夫倡者何也氣之先也有人人之勇怯有三軍之勇怯人人而較之則勇怯之相去若莛與楹至於三軍之勇怯則一也出於反覆之間而差於毫釐之際故其權在將與君人固有暴猛獸而不操

敢勇莫先乎倡

樓迂齋曰曲盡人情

兵出入於白刃之中而色不變者有見虺蜴而却走聞鍾鼓之聲而戰慄者是勇怯之不齊至於如此彼閭閻之小民爭鬪戲笑卒然之間而或至於殺人當其發也其心翻然其色勃然若不可以已者雖天下之勇夫無以過之及其退而思其身顧其妻子未始不惻然悔也此非必勇者也氣之所乘則奪其性而忘其故故古之善用兵者用其翻然勃然於未悔之間而其不善者沮其翻然勃然之心而開其自悔之意則是不戰而先自敗也故

遼寧省圖書館藏陶湘舊藏閔凌刻本集成

曰致勇有術致勇莫先乎倡均是人也皆食其食皆任其事天下有急而有一人焉奮而爭先而致其死則飜然者衆矣弓矢相及劍楯相交勝負之勢未有所決而三軍之士屬目於一夫之先登則勃然者相繼矣天下之大可以名劫也三軍之衆可以氣使也諺曰一人善射百夫決拾苟有以發之及其飜然勃然之間而用其鋒是之謂倡倡莫善乎私天下之人怯者居其百勇者居其一是勇者難得也捐其妻子棄其身以蹈白刃是勇者難

倡若善乎私
此下意婉切
詞精練
茅鹿門曰以
異字代私字

能也以難得之人行難能之事此必有難報之恩者矣天子必有所私之將將軍必有所私之士視其勇者而陰厚之人之有異材者雖未有功而其心莫不自異自異而上不異之則緩急不可以望其爲倡故凡緩急而肯爲倡者必其上之所異也昔漢武帝欲觀兵於四夷以逞其無厭之求不愛通侯之賞以招勇士風告天下以求奮擊之人然卒無有應者於是嚴形峻法致之死地而聽其以深入贖罪使勉強不得已之人馳驟於死亡之地

遼寧省圖書館藏
陶湘舊藏閔凌刻本集成

天下之禍四句本是承接語然空中下手脚全不見痕跡

是故其將降而兵破敗而天下幾至於不測何者先無所異之人而望其爲倡不已難乎（反收）私者天下之所惡也然而爲已而私之則私不可用爲其賢於人而私之則非私無以濟蓋有無功而可賞有罪而可赦者凡所以媿其心而責其爲倡也天下之禍莫大於上作而下不應上作而下不應則上亦將窮而自止方西戎之叛也天子非不欲赫然誅之而將帥之臣謹守封畧外視内顧莫有一人先奮而致命而士卒亦循循焉莫肯盡力不得已

樓迂齋曰此意在此推原出上面許多話成一篇文

而出爭先而歸故西戎得以肆其猖狂而吾無以應則其勢不得不重賂而求和其患起於天子無同憂患之臣而將軍無腹心之士西師之休十有餘年矣用法益密而進人益難賢者不見異勇者不見私天下務爲奉法循令要以如式而止臣不知其緩急將誰爲之倡哉

樓迂齋曰四幹精神變態百出首尾相救曲盡人情物理看東坡文字須學與由生有

唐荊川曰此篇體方而意員

遼寧省圖書館藏
陶湘舊藏閔凌刻本集成

茅鹿門曰順敘

正意此處說起

策斷上

宋於西北二虜弊重而民力不支威輕而兵殘不振此策欲其罷弊而專事兵

二虜爲中國患至深遠也天下謀臣猛將豪傑之士欲有所逞於西北者久矣聞之兵法曰先爲不可勝以待敵之可勝嚮者臣愚以爲西北雖有可勝之形而中國未有不可勝之備故竊嘗以爲可特設一官使獨任其責而執政之臣得以專治内事苟天下之弊莫不盡去紀綱修明食足而兵强百姓樂業知愛其君卓然有不可勝之備如此則臣固將備論而極言之夫天下將興其積必有源

茅鹿門曰一段精神

天下將亡其發必有門聖人者唯知其門而塞之古之亡天下者四而天子無道不與焉蓋有以諸矦强偪而至於亡者周唐是也有以匹夫橫行而至於亡者秦是也有以大臣執權而至於亡者漢魏是也有以蠻夷内侵而至於亡者二晉是也使此七代之君皆能逆知其所由亡之門而塞之則至於今可以不廢惟其諱亡而不為之備或備之而不得其門故禍發而不救夫天子之勢蟠於天下而結於民心者甚厚故其亡也必有大隙焉而

此是將亡之門

日潰之其窺之甚難其取之甚審曠日持久然後可得而閒盖非有一日卒然不救之患也是故聖人必於其全盛之時而塞其所由亡之門盖臣以爲當今之患外之可畏者西戎北狄而内之可畏者天子之民也西戎北狄不足以爲中國之大憂而其動也有以召内之禍内之民實執存亡之權而不能獨起其發也必將待外之變先之以戎狄而繼之以吾民臣之所謂可畏者在此而已昔者敵國之患起於多求而不供供者有倦而求者無

内之可畏

厭以有倦待無厭而能久安於無事天下未嘗有也故夫二虜之患特有遠近耳而要以必至於戰敢問今之所以戰者何也其無乃出於倉卒而備於一時乎且夫兵不素定而出於一時當其危疑擾攘之間而吾不能自必則權在敵國權在敵國則吾欲戰不能欲休不可進不能戰而退不能休則其計將出於求和求和而自我則其所以爲媾者必重軍旅之後而繼之以重媾則國用不足國用不足則加賦於民加賦而不已則凡暴取豪奪

茅鹿門曰上言將之之門此下言擊之之門之道

之法不得不施於今之世矣天下一動變生無方國之大憂將必在此蓋嘗聞之用兵有權權之所在其國乃勝是故國無小大兵無强弱有小國弱兵而見畏於天下者權在焉耳千鈞之牛制於三尺之童弭耳而下之曾不如狙猿之奮擲於山林此其故何也權在人也我欲則戰不欲則守戰則天下莫能支守則天下莫能窺昔者秦嘗用此矣開關出征以攻諸侯則諸侯莫不願割地而求和諸侯割地而求和於秦秦人未嘗急於割地之利

若不得已而後應故諸矦常欲和而秦常欲戰如此則權固在秦矣且秦非能强於天下之諸矦秦惟能自必而諸矦不能是以天下百變而卒歸於秦諸矦之利固在從横也朝聞陳軫之説而合爲從暮聞張儀之計而散爲横秦則不然横人之欲爲横從人之欲爲從皆使其自擇而審處之諸矦相顧而終莫能自必則權之在秦不亦宜乎嚮者

寶元慶曆之間河西之役可以見矣其始也不得已而後戰其終也逆探其意而與之和又從而厚

遼寧省圖書館藏
陶湘舊藏閔凌刻本集成

茅鹿門曰與秦事壹却是作文游衍之法

餽之惟恐其一日復戰也如此則賊常欲戰而我常欲和賊非能常戰也特持其欲戰之形以乘吾欲和之勢屢用而屢得志是以中國之大而權不在焉欲天下之安則莫若使權在中國欲權之在中國則莫若先發而後罷示之以不憚形之以好戰而後天下之權有所歸矣今夫庸人之論則曰勿爲禍始古之英雄之君豈其樂禍而好殺唐太宗既平天下而又歲歲出師以從事於夷狄盖晚而不倦暴露於千里之外親擊高麗者再焉凡此

者皆所以爭先而處强也當時羣臣不能深明其意以爲敵國無釁而我則發之夫爲國者使人備已則權在我而使已備人則權在人當太宗之時四夷狠顧以備中國故中國之權重苟不先之則彼或以執其權矣而我又鰓鰓焉惡戰而樂罷使敵國知吾之所忌而以是取必於吾如此則雖有天下吾安得而爲之唐之衰也惟其厭兵而畏戰一有敗衄則兢兢焉縮首而去之是故姦臣執其權以要天子及至憲宗奮而不顧雖小挫而不爲

遼寧省圖書館藏陶湘舊藏閔凌刻本集成

之沮當此之時天下之權在於朝廷伐之則足以爲威舍之則足以爲恩臣故曰先發而後罷則權在我矣

篇中雖見安民擾吏四說然能擾吏所以安民也意寔相貫故後段只言擾吏不復打轉安民處

茅鹿門曰此文論小大情事刺骨

策斷中

用兵有可以逆爲數十年之計者有朝不可以謀夕者攻守之方戰鬬之術一日百變猶以爲拙若此者朝不可以謀夕者也古之欲謀人之國者必有一定之計勾踐之取吳秦之取諸侯高祖之取項籍皆得其至計而固執之是故有利有不利有進有退百變而不同而其一定之計未始易也勾踐之取吳是驕之而已秦之取諸侯是散其從而已高祖之取項籍是間疎其君臣而已此其至計

主

客

不可易者雖百年可知也今天下晏然未有用兵之形而臣以爲必至於戰則其攻守之方戰鬬之術固未可以豫論而臆斷也然至於用兵之大計所以固執而不變者臣請得以豫言之夫西戎北胡皆爲中國之患而西戎之患小北胡之患大此天下之所明知也管仲曰攻堅則瑕者堅攻瑕則堅者瑕故二者皆所以爲憂而臣以爲兵之所加宜先於西故先論所以制御西戎之大畧今夫鄒與魯戰則天下莫不以爲魯勝大小之勢異也然

遼寧省圖書館藏
陶湘舊藏閔凌刻本集成

茅鹿門曰叙得踈爽不堆積

而勢有所激則大者失其所以爲大而小者忘其所以爲小故有以鄒勝魯者矣夫大有所短小有所長地廣而備多備多而力分小國聚而大國分則彊弱之勢將有所反大國之人譬如千金之子自重而多疑小國之人計窮而無所恃則致死而不顧是以小國常勇而大國常怯恃大而不戒則輕戰而屢敗知小而自畏則深謀而必克此又其理然也夫民之所以守戰至死而不去者以其君臣上下歡欣相得之際也國大則君尊而上下不

交將軍貴而吏士不親法令繁而民無所措其手足若夫小國之民截然其若一家也有憂則相恤有急則相赴凡此數者是小國之所長而大國之所短也大國而不用其所長使小國常出於其所短雖百戰而百屈豈足怪哉且夫大國則固有所長矣長於戰而不長於守夫守者出於不足而已譬之於物大而不用則易以腐敗故凡擊搏進取所以用大也孫武之法十則圍之五則攻之倍則分之敵則能戰之少則能逃之不若則能進之自

遼寧省圖書館藏
陶湘舊藏閔凌刻本集成

敵以上者未嘗有不戰也自敵以上而不戰則是以有餘而用不足之計固已失其所長矣凡大國之所恃吾能分兵而彼不能分吾能數出而彼不能應譬如千金之家日出其財以罔市利而販夫小民終莫能與之競者非智不若其財少也是故販夫小民雖有桀黠之才過人之智而其勢不得不折而入於千金之家何則其所長者不可以與較也西戎之於中國可謂小國矣嚮者惟不用其所長是以聚兵連年而終莫能服今欲用吾之所

所謂分兵數出者其法如此

長則莫若數出數出莫若分兵臣之所謂分兵者非分屯之謂也分其居者與行者而已今河西之戍卒惟患其多而莫之適用故其便莫若分兵使其十一而行則一歲可以十出十二而行則一歲可以五出十一而十出十二而五出則是一人而歲一出也吾一歲而一出彼一歲而十被兵焉則衆寡之不侔勞逸之不敵亦已明矣夫用兵必出於敵人之所不能我大而敵小是故我能分而彼不能此吳之所以肄楚而隋之所以狃陳歟夫御

遼寧省圖書館藏
陶湘舊藏閔凌刻本集成

戎之術。不可以逆知其詳。而其大畧臣未見有過此者也。

凡四段。第一段是冒頭。第二段言小國之所長而大國之所短。第三段言大國之所長而小國之所短。第四段言以吾所長而乘其所短之術。

茅鹿門曰蘇氏父子之論虜情一一瀫中匈奴以無法勝

策斷下 此文脫胎換骨處極有妙手

古者匈奴之衆不過漢一大縣然所以能敵之者其國無君臣上下朝覲會同之節其民無穀米絲麻耕作織紝之勞其法令以言語爲約故無文書符傳之繁其居處以逐水草爲常故無城郭邑居聚落守望之助其旃裘肉酪足以爲養生送死之具故戰則人人自鬬敗則驅牛羊遠徙不可得而破蓋非獨古聖人法度之所不加亦其天性之所安者猶狙猿之不可使冠帶虎豹之不可被以羈

紲也故中行説教單于無愛漢物所得繒絮皆以馳草棘中使衣袴弊裂以示不如旃裘之堅善也得漢食物皆去之以示不如湩酪之便美也由此觀之中國以法勝而匈奴以無法勝聖人知其然是故精修其法而謹守之築爲城郭塹爲溝池大倉廩實府庫明烽燧遠斥堠使民知金鼓進退坐作之節勝不相先敗不相棄此其所以謹守其法而不敢失也一失其法則不如無法之爲便也故夫各輔其性而安其生則中國與胡本不能相犯

遼寧省圖書館藏
陶湘舊藏閔凌刻本集成

晚大中閒事書換北狄事來說

虛虛引入

惟其不然是故皆有以相制胡人之不可從中國之法猶中國之不可從胡人之無法也今夫佩玉服韍冕而垂旒者此宗廟之服所以登降揖讓折旋俯仰爲容者也而不可以騎射今夫蠻夷而用中國之法豈能盡如中國哉苟不能盡如中國而雜用其法則是佩玉服韍冕而垂旒而欲以騎射也昔吳之先斷髮文身與魚鼈龍蛇居者數十世而諸侯不敢窺也其後楚申公巫臣始教以乘車射御使出兵侵楚而闔廬夫差又逞其無厭之求

茅鹿門曰化
兩層甚變幻

開溝通水與齊晉爭强黄池之會强自冠帶吳人不勝其弊卒入於越夫吳之所以强者乃其所以亡也何者以蠻夷之資而貪中國之美宜其可得而圖之哉西晉之亡也匈奴鮮卑氐羌之類紛紜於中國而其豪傑間起爲之君長如劉元海符堅石勒慕容儁之儔皆以絶異之姿驅駕一時之賢俊其强者至有天下大半然終於覆亡相繼遠者不過一傳再傳而滅何也其心固安於無法也而束縛於中國之法中國之人固安於法也而苦其

遼寧省圖書館藏
陶湘舊藏閔凌刻本集成

無法君臣相戾上下相厭是以雖建都邑立宗廟而其心岌岌然常若寄居於其間而安能久乎且人而棄其所得於天之分未有不亡者也契丹自五代南侵乘石晉之亂奄至京師覩中原之富麗廟社宮闕之壯而悅之知不可以留也故歸而竊習焉山前諸郡既爲所并則中國士大夫有立其朝者矣故其朝廷之儀百官之號文武選舉之法都邑郡縣之制以至於衣服飲食皆雜取中國之象然其父子聚居貴壯而賤老貪得而忘失勝不

相讓敗不相救者猶在也其中未能革其犬羊豺狼之性而外牽於華人之法此其所以自投於陷穽網羅之中而中國之人猶曰今之匈奴非古也其措置規畫皆不復蠻夷之心以爲不可得而圖之亦過計矣且夫天下固有沈謀陰計之士也昔先王欲圖大事立奇功則非斯人莫之與共秦之尉繚漢之陳平皆以樽俎之間而制敵國之命此亦王者之心期以紓天下之禍而已彼契丹者有可乘之勢三而中國未之思焉則亦足惜矣臣觀

可乘之勢三 一是南面事 一是上下相疑 一是呂隆

未離於中國之法

相疑

其朝廷百官之衆，而中國士大夫交錯於其間，固亦有賢俊慷慨不屈之士，而詬辱及於公卿，鞭扑行於殿陛，貴爲將相而不免囚徒之耻，宜其有憤鬱結而思變者，特未有路耳。凡此皆可以致其心，雖不爲吾用，亦以間踈其君臣，此由余之所以入秦也。幽燕之地，自古號多雄傑，名於圖史者往往而是。自宋之興，所在賢俊雲合響應，無有遠邇，皆欲洗濯磨淬以觀上國之光，而此一方獨陷於非類。昔太宗皇帝親征幽州，未克而班師，聞之諜者曰幽州士民謀欲執其帥以城降者聞乘輿之還無不泣下且胡人以爲諸郡之民非其族類故厚歛而虐使之則其思内附之心豈待深計哉此又足爲之謀也使其上下相猜君民相疑然後可攻也語有之曰鼠不容穴啣窶藪也彼僭立四都分置守宰倉廪府庫莫不備具有一旦之急適足以自累守之不能棄之不忍華夷雜居易以生變如此則中國之長足以有所施矣然非特如此而巳也中國不能謹守其法彼慕中國之法而不能

遼寧省圖書館藏
陶湘舊藏閔凌刻本集成

純用是以勝負相持而未有決也夫蠻夷者以力攻以力守以力戰顧力不能則逃中國則不然其守以形其攻以勢其戰以氣故百戰而力有餘形者有所不守而敵人莫不忌也勢者有所不攻而敵人莫不憊也氣者有所不戰而敵人莫不懾也苟去此三者而角之於力則中國固不敵矣尚何云乎伏惟國家留意其大者而爲之計其小者臣未敢言焉

唐荆川曰此文極其變化横縱而不可羈制

遼寧省圖書館藏
陶湘舊藏閔凌刻本集成

先頌後諫

蘇文卷之五

上神宗皇帝書

此書自當與賈太傅陸宣公相上下

熙寧四年二月日具位臣蘇軾謹冒萬死再拜上書皇帝陛下臣近者不度愚賤輒上封章言買燈事自知瀆犯天威罪在不赦席藁私室以待斧鉞之誅而側聽逾旬威命不至問之府司則買燈之事尋已停罷乃知陛下不惟赦之又能聽之驚喜過望以至感泣何者改過不吝從善如流堯舜禹湯之所勉强而力行秦漢以來之所絕無而僅有

婉言而

孝廉門曰從小處引入

顧此買燈毫髮之失豈能上累日月之明而陛下翕然改命曾不移刻則所謂智出天下而聽於至愚威加四海而屈於匹夫臣今知陛下可與爲堯舜可與爲湯武可與富民而措刑可與强兵而伏戎虜矣有君如此其忍負之惟當披露腹心捐棄肝膽盡力所至不知其他乃者臣亦知天下之事有大於買燈者矣而獨區區以此爲先者蓋未信而諫聖人不與交淺言深君子所戒是以試論其小者而其大者固將有待而後言今陛下果赦而

遼寧省圖書館藏
陶湘舊藏閔凌刻本集成

此段言結人心欲結人心又在於去新法之不便

不誅則是旣已許之矣許而不言臣則有罪是以願終言之臣之所欲言者三願陛下結人心厚風俗存紀綱而已人莫不有所恃人臣恃陛下之命故能役使小民恃陛下之法故能勝伏强暴至於人主所恃者誰歟書曰予臨兆民懍乎若朽索之馭六馬言天下莫危於人主也聚則爲君臣散則爲仇讎聚散之間不容毫釐故天下歸往謂之王人各有心謂之獨夫由此觀之人主之所恃者人心而已人心之於人主也如木之有根如燈之有

膏如魚之有水如農夫之有田如商賈之有財木無根則槁燈無膏則滅魚無水則死農夫無田則飢商賈無財則貧人主失人心則亡此必然之理也不可逭之災也其爲可畏從古以然苟非樂禍好狂輕易失志詎敢肆其胸臆輕犯人心乎昔子産焚載書以弭衆言賂伯石以安巨室以爲衆怒難犯專欲難成而孔子亦曰信而後勞其民未信則以爲厲已也唯商鞅變法不顧人言雖能驟致富强亦以召怨天下使其民知利而不知義見刑

遼寧省圖書館藏
陶湘舊藏閔凌刻本集成

而不見德雖得天下旋踵而亡至於其身亦卒不免負罪出走而諸侯不納車裂以徇而秦人莫哀君臣之間豈願如此宋襄公雖行仁義失衆而亡田常雖不義得衆而强是以君子未論行事之是非先觀衆心之向背謝安之用諸桓未必是而衆之所樂則國以乂安庾亮之召蘇峻未必非而勢有不可則反爲危辱自古及今未有和易同衆而不安剛果自用而不危者也今陛下亦知人心之不悅矣中外之人無賢不肖皆言祖宗以來治財

去三司條例司方可以結人心

直切

用者不過三司使副判官經今百年未嘗闕事今者無故又創一司號曰制置三司條例司六七少年日夜講求於内使者四十餘輩分行營幹於外造端宏大民實驚疑創法新奇吏皆惶惑賢者則求其説而不可得未免於憂小人則以意而度於朝廷遂以爲謗謂陛下以萬乘之主而言利謂執政以天子之宰而治財商賈不行物價騰踊近自淮甸遠及川蜀喧傳萬口論説百端或言京師正店議置監官虁路深山當行酒禁拘收僧尼常住

遼寧省圖書館藏
陶湘舊藏閔凌刻本集成

婉曲

減剋兵吏廩祿如此等類不可勝言而甚者至以爲欲復肉刑斯言一出民且狼顧陛下與二三大臣亦聞其語矣然而莫之顧者徒曰我無其事又無其意何恤於人言夫人言雖未必皆然而疑似則有以致謗人必貪財也而後人疑其盜人必好色也而後人疑其淫何者未置此司則無此謗豈去歲之人皆忠厚而今歲之士皆虛浮孔子曰工欲善其事必先利其器又曰必也正名乎今陛下操其器而諱其事有其名而辭其意雖家置一喙

明透善破人主意

以自解市列千金以購人人必不信謗亦不止夫
制置三司條例司求利之名也六七少年與使者
四十餘輩求利之器也驅鷹犬而赴林藪語人曰
我非獵也不如放鷹犬而獸自馴操網罟而入江
湖語人曰我非漁也不如捐網罟而人自信故臣
以爲消讒慝而召和氣復人心而安國本則莫若
罷制置三司條例司夫陛下之所以創此司者不
過以興利除害也使罷之而利不興害不除則勿
罷罷之而天下恱人心安興利除害無所不可則

遼寧省圖書館藏
陶湘舊藏閔凌刻本集成

不必設無名之官

何若而不罷陛下欲去積弊而立法必使宰相熟議而後行事若不由中書則是亂世之法聖君賢相夫豈其然必若立法不免由中書熟議不免使宰相此司之設無乃冗長而無名智者所圖貴於無迹漢之文景紀無可書之事唐之房杜傳無可載之功而天下之言治者與文景言賢者與房杜蓋事已立而迹不見功已成而人不知故曰善用兵者無赫赫之功豈惟用兵事莫不然今所圖者萬分未獲其一也而迹之布於天下已若泥中之

茅鹿門曰告君之詞要說得分明所以如此說

鬭獸亦可謂拙謀矣陛下誠欲富國擇三司官屬與漕運使副而陛下與二三大臣孜孜講求磨以歲月則積弊自去而人不知但恐立志不堅中道而廢孟子有言其進銳者其退速若有始有卒自可徐徐十年之後何事不立孔子曰欲速則不達見小利則大事不成使孔子而非聖人則此言亦不可用書曰謀及卿士至於庶人翕然大同乃底元吉若逆多而從少則靜吉而作凶今上自宰相大臣既已辭免不爲則外之議論斷亦可知宰相

遼寧省圖書館藏陶湘舊藏閔凌刻本集成

切直

古人遣使之害見三司條例司決不可有

人臣也且不欲以此自汚而陛下獨安受其名而不辭非臣愚之所識也君臣宵旰幾一年矣而富國之效茫如捕風徒聞内帑出數百萬緡祠部度五千餘人耳以此爲術其誰不能且遣使縱横本非令典漢武遣繡衣直指桓帝遣八使皆以守宰狠籍盗賊公行出於無術行此下策宋文帝元嘉之政比於文景當時責成郡縣未嘗遣使至孝武以爲郡縣遲緩始命臺使督之以至蕭齊此弊不革故景陵王子良上疏極言其事以爲此等朝辭

禁門情態即異暮宿州縣威福便行驅迫郵傳折辱守宰公私煩擾民不聊生唐開元中宇文融奏置勸農判官使裴寬等二十九人並攝御史分行天下招攜戶口檢責漏田時張說楊瑒皇甫璟楊相如皆以爲不便而相繼罷黜雖得戶八十餘萬皆州縣希旨以主爲客以少爲多及使百官集議都省而公卿以下懼融威勢不敢異辭陛下試取其傳而讀之觀其所行爲是爲否近者均稅寬恤冠蓋相望朝廷亦旋覺其非而天下至今以爲謗

遼寧省圖書館藏
陶湘舊藏閔凌刻本集成

切直

水利不可興

曾未數歲是非較然臣恐後之視今猶今之視昔
且其所遣尤不適宜事少而員多人輕而權重夫
人輕而權重則人多不服或致侮慢以與爭事少
而員多則無以爲功必須生事以塞責陛下雖嚴
賜約束不許邀功然人臣事君之常情不從其令
而從其意今朝廷之意好動而惡靜好同而惡異
指趣所在誰敢不從臣恐陛下赤子自此無寧歲
矣至於所行之事行路皆知其難何者汴水濁流
自生民以來不以種稻秦人之歌曰涇水一石其

泥數斗且溉且糞長我禾黍何嘗曰長我粳稻耶
今欲陂而清之萬頃之稻必用千頃之陂一歲一
淤三歲而滿矣陛下遽信其說即使相視地形萬
一官吏苟且順從眞謂陛下有意興作上糜帑廩
下奪農時堤防一開水失故道雖食議者之肉何
補於民天下久平民物滋息四方遺利蓋畧盡矣
今欲鑿空訪尋水利所謂即鹿無虞豈惟徒勞必
大煩擾凡所擘畫利害不問何人小則隨事酬勞
大則量才錄用若官私格沮並重行黜降不以赦

遼寧省圖書館藏
陶湘舊藏閔凌刻本集成

原名材力不辦興修便許申奏替換賞可謂重罰可謂深然竝終不言諸色人妄有申陳或官私誤興功役當得何罪如此則妄庸輕剽浮浪姦人自此爭言水利矣成功則有賞敗事則無誅官司雖知其疎豈可便行抑退所在追集老少相視可否吏卒所過雞犬一空若非灼然難行必須且爲興役何則格沮之罪重而誤興之過輕人多愛身勢必如此且古陂廢堰多爲側近冒耕歲月既深已同永業苟欲興復必盡追收人心或摇甚非善政

說透人情

切直

雇役不便

又有好訟之黨多怨之人妄言某處可作陂渠規壞所怨田產或指人舊業以爲官陂冒佃之訟必倍今日臣不知朝廷本無一事何苦而行此哉自古役人必用鄉戶猶食之必用五穀衣之必用桑麻濟川之必用舟楫行地之必用牛馬雖其間或有以他物充代然終非天下所可常行今者徒聞江浙之間數郡雇役而欲措之天下是猶見燕晉之棗栗岷蜀之蹲鴟而欲以廢五穀豈不難哉又欲官賣所在坊場以充衙前雇直雖有長役更無

遼寧省圖書館藏
陶湘舊藏閔凌刻本集成

酬勞長役所得既微自此必漸衰散則州郡事體
憔悴可知士大夫捐親戚棄墳墓以從官於四方
者宣力之餘亦欲取樂此人之至情也若凋弊太
甚厨傳蕭然則似危邦之陋風恐非太平之盛觀
陛下誠慮及此必不肯爲且今法令莫嚴於御軍
軍法莫嚴於逃竄禁軍三犯厢軍五犯大率處死
然逃軍常半天下不知雇人爲役與厢軍何異若
有逃者何以罪之其勢必輕於逃軍則其逃必甚
於今日爲其官長不亦難乎近者雖使鄉戸頗得

雇人然至於所雇逃亡鄉戶猶任其責今遂欲於
兩稅之外別立一科謂之庸錢以備官雇則雇人
之責官所自任矣自唐楊炎廢租庸調以爲兩稅
取大曆十四年應干賦斂之數以定兩稅之額則
是租調與庸兩稅既兼之矣今兩稅如故奈何復
欲取庸聖人立法必慮後世豈可於常稅之外生
出科名哉萬一不幸後世有多欲之君輔之以聚
歛之臣庸錢不除差役仍舊使天下怨毒推所從
來則必有任其咎者矣又欲使坊郭等第之民與

遼寧省圖書館藏
陶湘舊藏閔凌刻本集成

鄉戶均役品官形勢之家與齊民並事其說曰周禮田不耕者出屋粟宅不毛者有里布而漢世宰相之子不免戍邊此其所以藉口也古者官養民今者民養官給之以田而不耕勸之以農而不力於是乎有里布屋粟夫家之征而民無以爲生去爲商賈事勢當耳何名役之且一歲之戍不過三日三日之雇其直三百今世三大戶之役自公卿以降無得免者其費豈特三百而已矣大抵事若可行不必皆有故事若民所不恱俗所不安縱有

切直

青苗之害

茅鹿門曰人主讀至此豈

經典明文無補於怨若行此二者必怨無疑女戶單丁蓋天民之窮者也古之王者首務恤此而今陛下首欲役之此等苟非戶將絕而未亡則是家有丁而尚幼若假之數歲則必成丁而就役老死而沒官富有四海忍不加恤孟子曰始作俑者其無後乎春秋書作丘甲用田賦皆重其始爲民患也青苗放錢自昔有禁今陛下始立成法每歲常行雖云不許抑配而數世之後暴君汚吏陛下能保之歟異日天下恨之國史記之曰青苗錢自陛

遼寧省圖書館藏
陶湘舊藏閔凌刻本集成

不動心

舉此三事以見不許抑配之說不可言

下始豈不惜哉且東南買絹本用見錢陝西糴草不許折兑朝廷既有著令職司又每舉行然而買絹未嘗不折鹽糴草未嘗不折鈔乃知青苗不許抑配之說亦是空文如始平之初揀刺義勇當時詔旨慰諭明言永不戍邊著在簡書有如盟約于今幾日議論已揺或以代還東軍或欲抵換弓手約束難恃豈不明哉縱使此令決行果不抑配計其間情願人戶必皆孤貧不濟之人家若自有贏餘何至與官交易此等鞭撻已急則繼之以逃亡

逃亡之餘則均之鄰保勢有必至理有固然且夫常平之爲法也可謂至矣所守者約而所及者廣借使萬家之邑上有千斛而穀貴之際千斛在市物價自平一市之價既平一邦之食自足無操瓢乞丐之弊無里正催驅之勞今若變爲青苗家貸一斛則千户之外孰救其飢且常平官錢常患其少若盡數收糴則無借貸若留充借貸則所糴幾何乃知常平青苗其勢不能兩立壞彼成此所喪愈多虧官害民雖悔何逮臣竊計陛下欲考其實

樓迂齋曰兩何緣字大使人動心均輸之害

則必然問人人知陛下方欲力行必謂此法有利無害以臣愚見恐未可憑何以明之臣頃在陝西見刺義勇提舉諸縣臣嘗親行愁怨之民哭聲振野當時奉使還者皆言民盡樂爲希合取容自古如此不然則山東之盜二世何緣不覺南詔之敗明皇何緣不知今雖未至於斯亦望陛下審聽而已昔漢武之世財力匱竭用賈人桑洪羊之說買賤賣貴謂之均輸于時商賈不行盜賊滋熾幾至於亂孝昭既立學者爭排其說霍光順民所欲從

坡翁道人間縷縷細細事深入曲中非盡心民瘼說不到此

而予之天下歸心遂以無事不意今者此論復興立法之初其說尚淺徒言徒貴就賤用近易遠然而廣置官屬多出緡錢豪商大賈皆疑而不敢動以爲雖不明言販賣然旣已許之變易變易旣行而不與商賈爭利者未之聞也夫商賈之事曲折難行其買也先期而與錢其賣也後期而取直多方相濟委曲相通倍稱之息由此而得今官買是物必先設官置吏簿書廩祿爲費已厚非良不售非賄不行是以官買之價比民必貴及其賣也弊

復如前商賈之利何緣而得朝廷不知慮此乃捐五百萬緡以與之此錢一出恐不可復縱使其間薄有所獲而征商之額所損必多今有人爲其主牧牛羊不告其主而以一牛易五羊一牛之失則隱而不言五羊之獲則指爲勞績陛下以爲壞常平而言青苗之功虧商稅而取均輸之利何以異此陛下天機洞照聖略如神此事至明豈有不曉必謂己行之事不欲中變恐天下以爲執德不一用人不終是以遲留歲月庶幾萬一臣竊以爲過

茅鹿門曰足破愚人之見

矣古之英主無出漢高酈生謀撓楚權欲復六國高祖曰善趣刻印及聞留侯之言吐哺而罵曰趣銷印夫稱善未幾繼之以罵刻印銷印有同兒戲何嘗累高祖之知人適足以明聖人之無我陛下以爲可而行之知其不可而罷之至聖至明無以加此議者必謂民可與樂成難與慮始故陛下堅執不顧期於必行此乃戰國貪功之人行險僥倖之說陛下若信而用之則是猶高論而逆至情持空名而邀實禍未及樂成而怨已起矣臣之所謂

遼寧省圖書館藏
陶湘舊藏閔凌刻本集成

此段言厚風俗欲厚風俗又在於以次用人茅鹿門曰王荆公爲神宗力建富强之術故特拈出

願結人心者此之謂也士之進言者爲不少矣亦有以國家之所以存亡曆數之所以長短告陛下者乎夫國家之所以存亡者在道德之淺深而不在乎彊與弱曆數之所以長短者在風俗之厚薄而不在乎富與貧道德誠深風俗誠厚雖貧且弱不害於長而存道德誠淺風俗誠薄雖彊且富不救於短而亡人主知此則知所輕重矣是以古之賢君不以弱而亡道德不以貧而傷風俗而智者觀人之國亦必以此察之齊至强也周公知其後

用此剪注上
意下復拓去

必有篡弒之臣衛至弱也季子知其後亡吳破楚
入郢而陳大夫逢滑知楚之必復晉武既平吳何
曾知其將亂隋文既平陳房喬知其不久元帝斬
郅支朝呼韓功多於武宣矣偷安而王氏之釁生
宣宗收燕趙復河湟力强於憲武矣銷兵而龐勛
之亂起臣願陛下務崇道德而厚風俗不願陛下
急於有功而貪富强使陛下富如隋强如秦西取
靈武北取燕薊謂之有功可也而國之長短則不
在此夫國之長短如人之壽夭人之壽夭在元氣

遼寧省圖書館藏
陶湘舊藏閔凌刻本集成

國之長短在風俗世有尫羸而壽考亦有盛壯而暴亡若元氣猶存則尫羸而無害及其已耗則盛壯而愈危是以善養生者慎起居節飲食導引關節吐故納新不得已而用藥則擇其品之上性之良可以久服而無害者則五臟和平而壽命長不善養生者薄節慎之功遲吐納之效厭上藥而用下品伐真氣而助強陽根本已危僵仆無日天下之勢與此無殊故臣願陛下愛惜風俗如護元氣古之聖人非不知深刻之法可以齊衆勇悍之夫

新進喜事之人不可用

可以集事忠厚近於迂濶老成初若遲鈍然終不肯以彼而易此者知其所得小而所喪大也曹參賢相也曰慎無擾獄市黄覇循吏也曰治道去泰甚或譏謝安以清談廢事安笑曰秦用法吏二世而亡劉晏爲度支專用果銳少年務在急速集事好利之黨相師成風德宗初卽位擢崔祐甫爲相祐甫以道德寛大推廣上意故建中之政其聲翕然天下想望庶幾貞觀及盧杞爲相諷上以刑名整齊天下馴致僥薄以及播遷我仁祖之御天下

遼寧省圖書館藏
陶湘舊藏閔凌刻本集成

切直

也。持法至寬，用人有敘，專務掩覆過失，未嘗輕改舊章。然考其成功，則曰未至。以言乎用兵，則十出而九敗；以言其府庫，則僅足而無餘。徒以德澤在人，風俗知義，是以升遐之日，天下如喪考妣，社稷長遠，終必賴之。則仁祖可謂知本矣。今議者不察，徒見其末年吏多因循，事不振舉，乃欲矯之以苛察，齊之以智能，招來新進勇鋭之人，以圖一切速成之效。未享其利，澆風已成。且天時不齊，人誰無過，國君含垢，至察無徒。若陛下多方包容，則人材

不可驟於用人

取次可用必欲廣置耳目務求瑕疵則人不自安各圖苟免恐非朝廷之福亦豈陛下所願哉漢文欲用虎圈嗇夫釋之以爲利口傷俗今若以口舌捷給而取士以應對遲鈍而退人以虛誕無實爲能文以矯激不仕爲有德則先王之澤遂將散微自古用人必須歷試雖有卓異之器必有已成之功一則使其更變而知難事不輕作一則待其功高而望重人自無辭昔先主以黃忠爲後將軍而諸葛亮憂其不可以爲忠之名望素非關張之倫

遼寧省圖書館藏陶湘舊藏閔凌刻本集成

若班爵遠同則必不恱其後關羽果以爲言以黄
忠豪勇之姿以先主君臣之契尚復慮此而况其
他世嘗謂漢文不用賈生以爲深恨臣嘗推究其
旨竊謂不然賈生固天下之奇才所言亦一時之
良策然請爲屬國欲係單于則是處士之大言少
年之銳氣昔高祖以三十萬衆困于平城當時將
相羣臣豈無賈生之比三表五餌人知其疎而欲
以困中行說尤不可信矣兵凶器也而易言之正
如趙括之輕秦李信之易楚若文帝亟用其說則

驟用必啓僥倖之門無以厚風俗

天下殆將不安使賈生嘗歷艱難亦必自悔其說用之晚歲其術必精不幸喪亡非意所及不然文帝豈棄才之主絳灌豈蔽賢之士至於晁錯尤號刻薄文帝之世止於太子家令而景帝既立以爲御史大夫申屠賢相發憤而死紛更政令天下騷然及至七國發難而錯之術亦窮矣文景優劣於此可見大抵名器爵祿人所奔趨必使積勞而後遷以明持久而難得則人各安其分不敢躁求今若多開驟進之門使有意外之得公卿侍從跬步

遼寧省圖書館藏
陶湘舊藏閔凌刻本集成

可圖其得者既不肯以僥倖自名則不得者必皆以沉淪爲恨使天下常調舉生妄心恥不若人何所不至欲望風俗之厚豈可得哉選人之改京官常須十年以上荐更險阻計析毫釐其間一事聱牙常至終身淪棄今乃以一人之薦舉而予之猶恐未稱章服隨至使積勞久次而得者何以厭服哉夫常調之人非守則令員多闕少久已患之不可復開多門以待巧進若巧者侵奪已甚則拙者追怵無聊利害相形不得不察故近歲朴拙之人

愈少而巧進之士益多惟陛下重之惜之哀之救之如近日三司獻言使天下郡選一人催驅三司文字許之先次指射以酬其勞則其數年之後審官吏部又有三百餘人得先占闕常調待次不其愈難此外勾當發運均輸按行農田水利以振監司之體各懷進用之心轉對者望以稱旨而驟遷奏課者求爲優等而速化相勝以力相高以言而名實亂矣惟陛下以簡易爲法以清淨爲心使姦無所緣而民德歸厚臣之所願厚風俗者此之謂

遼寧省圖書館藏陶湘舊藏閔凌刻本集成

此段言存紀綱欲存紀綱在於振作臺諫敢言之風

也古者建國使內外相制輕重相權如周如唐則外重而內輕如秦如魏則外輕而內重內重之失必有姦臣指鹿之患外重之弊必有大國問鼎之憂聖人方盛而慮衰當先立法以救弊國家租賦籍於計省重兵聚於京師以古揆今則似內重恭惟祖宗所以深計而預圖固非小臣所能億度而周知然觀其委任臺諫之一端則是聖人過防之至計歷觀秦漢以及五代諫諍而死蓋數百人而自建隆以來未嘗罪一言者縱有薄責旋卽超陞

許以風聞而無官長風采所繫不問尊卑言及乘輿則天子改容事關廊廟則宰相待罪故仁宗九世議者譏宰相但奉行臺諫風旨而已聖人深意流俗豈知擢用臺諫固未必皆賢所言亦未必皆是然須養其鋭氣而借之重權者豈徒然哉將以折姦臣之萌而救內重之弊也夫姦臣之始以臺諫折之而有餘及其既成以干戈取之而不足今法令嚴密朝廷清明所謂姦臣萬無此理然養猫所以去鼠不可以無鼠而養不捕之猫畜狗所以

遼寧省圖書館藏
陶湘舊藏閔凌刻本集成

切直

防姦不可以無姦而畜不吠之狗陛下得不上念
祖宗設此官之意下爲子孫立萬世之防朝廷紀
綱孰大於此臣自幼小所記及聞長老之談皆謂
臺諫所言常隨天下公議公議所與臺諫亦與之
公議所擊臺諫亦擊之及至英廟之初始建稱親
之議本非人主大過亦無禮典明文徒以衆心未
安公議不允當時臺諫以死爭之今者物論沸騰
怨讟交至公議所在亦可知矣而相顧不發中外
失望夫彈劾積威之後雖庸人亦可以奮揚風采

消委之餘雖豪傑有所不能振起臣恐自茲以往習慣成風盡爲執政私人以致人主孤立紀綱一廢何事不生孔子曰鄙夫可與事君也歟哉其未得之也患不得之既得之患失之苟患失之無所不至矣臣始讀此書疑其太過以爲鄙夫之患失不過備位而苟容及觀李斯憂蒙恬之奪其權則立二世以亡秦盧杞憂懷光之數其惡則誤德宗以再亂其心本生於患失而其禍乃至於喪邦孔子之言良不爲過是以知爲國者平居必常有忘

遼寧省圖書館藏
陶湘舊藏閔凌刻本集成

切直

軀犯顏之士則臨難庶幾有徇義守死之臣苟平居尚不能一言則臨難何以責其死節人臣苟皆如此天下亦曰殆哉君子和而不同小人同而不和和如和羹同如濟水故孫寶有言周公大聖召公大賢猶不相悅著於經典兩不相損晉之王導可謂元臣每與客言舉坐稱善而王述不悅以爲人非堯舜安得每事盡善導亦斂衽謝之若使言無不同意無不合更唱迭和何者非賢萬一有小人居其間則人主何緣知覺臣之所謂願存紀綱

茅鹿門曰又恃新政之可採擇動一番

旋出

者此之謂也臣非敢歷詆新政苟爲異論如近日裁減皇族恩例刊定任子條式修完器械閱習鼓旗皆陛下神筭之至明乾剛之必斷物議既允臣敢有辭然至於所獻之三言則非臣之私見中外有病其誰不知昔禹戒舜曰無若丹朱傲惟慢遊是好舜豈有是哉周公戒成王曰無若商王受之迷亂酗于酒德哉成王豈有是哉周昌以漢高爲桀紂劉毅以晉武爲桓靈當時人君曾莫之罪而書之史冊以爲美談使臣所獻三言皆朝廷未嘗

遼寧省圖書館藏陶湘舊藏閔凌刻本集成

以下三轉處淒惋感惻

有此則天下之幸臣與有焉若有萬一似之則陛下安可不察然而臣之爲計可謂愚矣以螻蟻之命試雷霆之威積其狂愚豈可屢赦大則身首異處破壞家門小則削籍投荒流離道路雖然陛下必不爲此何也臣天賦至愚篤於自信向者與議學校貢舉首違大臣本意已期竄逐敢意自全而陛下獨然其言曲賜召對從容久之至謂臣曰方今政令得失安在雖朕過失指陳可也臣卽對曰陛下生知之性天縱文武不患不明不患不勤不

茅鹿門曰以下三言可謂神宗對病之藥然郎前所陳結人心厚風俗存紀綱相爲互發

茅鹿門曰於此暗譏執政之[illegible]怨處

患不斷但患求治太速進人太銳聽言太廣又俾其述所以然之狀陛下領之曰卿所獻三言朕當熟思之臣之狂愚非獨今日陛下容之久矣豈有容之於始而不赦之於終恃此而言所以不懼臣之所懼者譏刺既衆怨仇實多必將詆臣以深文中臣以危法使陛下雖欲赦臣而不得豈不殆哉死亡不辭但恐天下以臣爲戒無復言者是以思之經月夜以繼日書成復毀至于再三感陛下聽其一言懷不能已卒進其說惟陛下憐其愚忠而

遼寧省圖書館藏陶湘舊藏閔凌刻本集成

卒赦之不勝俯伏待罪憂恐之至。

樓迂齋曰一篇之文幾萬餘言精采都在閑語上有憂深思遠之意有柔行巽入之態當深切著明則深切著明當委曲含蓄則委曲含蓄得告君之體

茅鹿門曰自古論用兵惟漢淮南王安諫伐閩越書爲最而此書深厚似又勝之

代張方平諫用兵書

臣聞好兵猶好色也傷生之事非一而好色者必死賊民之事非一而好兵者必亡此理之必然者也夫惟聖人之兵皆出於不得已故其勝也享安全之福其不勝也必無意外之患後世用兵皆得已而不已故其勝也則變遲而禍大其不勝也則變速而禍小是以聖人不計勝負之功而深戒用兵之禍何者興師十萬日費千金內外騷動怠於道路者七十萬家內則府庫空虛外則百姓窮匱

言勝者則敗者可知此意最妙

饑寒逼迫其後必有盜賊之憂死傷愁怨其終必致水旱之報上則將帥擁衆有跋扈之心下則士衆久役有潰叛之志變故百出皆由用兵至於與事首議之人冥謫尤重蓋以平民無故緣兵而死怨氣充積必有任其咎者是以聖人畏之重之非不得已不敢用也自古人主好動干戈由敗而亡者不可勝數臣今不敢復言請爲陛下言其勝者秦始皇既平六國復事胡越戍役之患被於四海雖拓地千里遠過三代而墳土未乾天下怨叛二

遼寧省圖書館藏
陶湘舊藏閔凌刻本集成

叙秦隋事短漢唐事長文法縱橫處

世被害子嬰被擒滅亡之酷自古所未嘗有也漢武帝承文景富溢之餘首挑匈奴兵連不解遂使侵尋及於諸國歲歲調發所向成功建元之間兵禍始作是時蚩尤旗出長與天等其春戾太子生自是師行三十餘年死者無數及巫蠱事起京師流血僵屍數萬太子父子皆敗班固以為太子生長於兵與之終始帝雖悔悟自克而歿身之恨已無及矣隋文帝既下江南繼事夷狄煬帝嗣位此心不衰皆能誅滅強國威震萬里然而民怨盗起

茅鹿門曰何等斷案

茅鹿門曰引入當時用兵

亡不旋踵唐太宗神武無敵尤喜用兵旣巳破滅突厥高昌吐谷渾等猶且未厭親駕遼東皆志在立功非不得巳而用其後武氏之難唐室陵遲不絕如綫盖用兵之禍物理難逃不然太宗仁聖寬厚克巳裕人幾至刑措而一傳之後子孫塗炭此豈爲善之報也哉由此觀之漢唐用兵於寬仁之後故其勝而僅存秦隋用兵於殘暴之餘故其勝而遂滅臣每讀書至此未嘗不掩卷流涕傷其計之過也若使此四君者方其用兵之初隨即敗衄

勝而開釁處先爲伏

惕然戒懼，知用兵之難，則禍敗之興當不至此。不幸每舉輒勝，故使狃於功利，慮患不深。臣故曰勝則變遲而禍大，不勝則變速而禍小，不可不察也。

此處方入事

昔仁宗皇帝覆育天下，無意於兵，將士惰偷，兵革朽鈍。元昊乘間竊發，西鄙延安、涇原、麟府之間，敗者三四，所喪動以萬計，而海內晏然，兵休事已，而民無怨言，國無遺患。何者？天下臣庶知其無好兵之心，天地鬼神諒其有不得已之實故也。今陛下天錫勇智，意在富强，即位以來，繕甲治兵，伺候鄰

此一段凡四節

茅鹿門曰當時以兵敗為恥故四讓而沮

茅鹿門曰以兵論為鑒以

國群臣百僚窺見此行多言用兵其始也謀臣執國命者無憂深思遠之心樞臣當國論者無慮害持難之識在臺諫之職者無獻替納忠之議從微至著遂成厲階既而薛向爲横山之謀韓絳效深入之計陳升之呂公弼等陰與之協力師徒喪敗財用耗屈較之寶元慶曆之敗不及十一然而天怒人怨邊兵背叛京師騷然陛下爲之旰食者累月何者用兵之端陛下作之是以吏士無怒敵之意而不直陛下也尚賴祖宗積累之厚皇天保祐

二七二
遼寧省圖書館藏
陶湘舊藏閔凌刻本集成

之深故使兵出無功感悟聖意然淺見之士方且以敗爲恥力欲求勝以稱上心於是王韶構禍於熙河章惇造釁於橫山熊本發難於渝瀘然此等皆戕賊已降俘虜老弱困弊腹心而取空虚無用之地以爲武功使陛下受此虚名而忽於實禍勉强砥礪奪於功名故沈起劉彝復發於安南使十餘萬人暴露瘴毒死者十而五六道路之人斃於輸送貲粮器械不見敵而盡以爲用兵之意必且少衰而李憲之師復出於洮州矣今師徒克捷鋭

氣方盛陛下喜於一勝必有輕視四夷陵侮敵國之意天意難測臣實畏之且夫戰勝之後陛下可得而知者凱旋捷奏拜表稱賀赫然耳目之觀耳至於遠方之民肝腦塗於白刃筋骨絕於餽餉流離破產鬻賣男女薰眼折臂自經之狀陛下必不得而見也慈父孝子孤臣寡婦之哭聲陛下必不得而聞也譬猶屠殺牛羊刳臠魚鼈以爲膳羞食者甚美死者甚苦使陛下見其號呼於挺刃之下宛轉於刀几之間雖八珍之美必將投箸而不忍

食而况用人之命以爲耳目之觀乎且使陛下將
卒精强府庫充實如秦漢隋唐之君旣勝之後禍
亂方興尚不可救而况所在將吏罷軟凡庸較之
古人萬萬不逮而數年以來公私窘乏内府累世
之積掃地無餘州郡征税之儲上供殆盡百官俸
廪僅而能繼南郊賞給久而未辦以此舉動雖有
智者無以善其後矣且饑疫之後所在盜賊蠭起
京東河北尤不可言若軍事一興横斂隨作民窮
而無告其勢不爲大盜無以自全邊事方深内患

茅鹿門曰天心一段尤有新辯

復起則勝廣之形將在於此此老臣所以終夜不寐臨食而歎至於慟哭而不能自止也且臣聞之凡舉大事必順天心天之所向以之舉事必成天之所背以之舉事必敗蓋天心向背之迹見於災祥豐歉之間今自近歲日蝕星變地震山崩水旱癘疫連年不解民死將半天心之向背可以見矣而陛下方且斷然不顧興事不已譬如人子得過於父母惟有恭順静思引咎自責庶幾可解今乃紛然詰責奴婢恣行箠楚以此事親未有見赦於

遼寧省圖書館藏
陶湘舊藏閔凌刻本集成

上意旣盡此後稱說漢兩祖不輕用兵以致叮嚀之意

父母者故臣願陛下遠覽前世興亡之迹深察天心向背之理絕意兵革之事保疆睦鄰安靜無爲固社稷長久之計上以安二宮朝夕之養下以濟四方億兆之命則臣雖老死溝壑瞑目於地下矣昔漢祖破滅群雄遂有天下光武百戰百勝祀漢配天然至白登被圍則講和親之議西域請吏則出謝絕之言此二帝者非不知兵也蓋經變既多則慮患深遠今陛下深居九重而輕議討伐老臣庸懦私竊以爲過矣然人臣納說於君因其旣厭

而止之則易爲力迎其方銳而折之則難爲功凡有血氣之倫皆有好勝之意方其氣之盛也雖布衣賤士有不可奪自非智識特達度量過人未有能勇於奮發之中舍巳從人惟義是聽者也今陛下盛氣於用武勢不可回臣非不知而獻言不巳者誠見陛下聖德寛大聽納不疑故不敢以衆人好勝之常心望於陛下且意陛下他日親見用兵之害必將哀痛悔恨而追咎左右大臣未嘗一言臣亦將老且死見先帝於地下亦有以藉口矣惟

遼寧省圖書館藏
陶湘舊藏閔凌刻本集成

陛下哀而察之。

古之諫用兵者只說不勝之害務以避害爲利此書說雖勝其害尤不可言者況以時事天時觀之動必不勝如此立意高人一着

遼寧省圖書館藏
陶湘舊藏閔凌刻本集成

促處迫切動人

代滕甫辨謗乞郡書

字字迫切所謂長歌之悲勝於痛哭

臣聞人情不問賢愚莫不畏天而嚴父然而疾痛則呼父窮窘則號天蓋情發於中言無所擇豈以號呼之故謂無嚴畏之心人臣之所患不止於疾痛而所憂有甚於窮窘若不號呼於君父更將趨赴於何人伏望聖慈少加憐察臣本無學術亦無材能惟有忠義之心生而自許昔季孫有言見有禮於其君者事之如孝子之養父母也見無禮於其君者誅之如鷹鸇之逐鳥雀也臣雖不肖允蹈

四六之工在裁剪此中看出裁剪妙處

斯言但信道直前謂人如巳既蒙深知於聖主肯復借交於衆人任其惷愚積成佹怨一自離去左右十有二年浸潤之言何所不有至謂臣陰黨反者故縱罪人若依斯言死未塞責切伏思宣帝漢之英主也以片言而誅楊惲太宗唐之興王也以單詞而殺劉洎自古忠臣烈士遭時得君而不免於禍者何可勝數而臣獨蒙皇帝陛下始終照察愛惜保全則陛下聖度已過於宣帝太宗而臣之遭逢亦古人所未有日月在上更何憂虞但念世

之憎臣者多而臣之賦命至薄積毀消骨巧言鑠金市虎成於三人投杼起於屢至儻因疑似復致人言至時雖欲自明陛下亦難屢赦是以及今無事之日少陳危苦之詞晋王導乃王敦之弟也而不害其爲元臣崔造源休之甥也而不廢其爲宰相臣與反者義同路人獨於寬大之朝爲臣終身之累亦可悲矣凡今游宦之士少與貴近之人有葭莩之親半面之舊則所至便蒙異待人亦不敢交攻况臣受知於陛下中興之初効力於衆人未

此下乞郡

遇之日而乃毀訾不忌踐蹐無嚴臣何足言有辱
天眷此臣所以涕泣而自傷者也今臣既安善地
又忝清班非敢別有希求更思錄用但患難之後
積憂傷心風波之間怖畏成疾敢望陛下憫餘生
之無幾究前日之異恩或乞移臣淮浙間一小郡
稍近墳墓漸謀歸休異日復得以枯朽之餘仰瞻
天日之表然後退伏田野自稱老臣追敘始終之
遭逢以託鄉鄰之父老區區志願永畢於斯伏願
陛下憐其志察其愚而赦其罪臣無任感恩知罪

遼寧省圖書館藏陶湘舊藏閔淩刻本集成

激切屏營之至。

茅鹿門曰：子瞻一生所横被讒搆處，往往痛心，故所代滕甫辯謗疏，種種刺骨。

茅鹿門曰長公所最得意識見亦最得意條奏

乞校正陸贄奏議進子

臣等猥以空踈備員講讀聖明天縱學問日新臣等才有限而道無窮心欲言而口不逮以此自愧莫知所爲竊謂人臣之納忠譬如醫者之用藥藥雖進於醫手方多傳於古人若已經效於世間不必皆從於已出伏見唐宰相陸贄才本王佐學爲帝師論深切於事情言不離於道德智如子房而文則過辯如賈誼而術不踈上以格君心之非下以通天下之志但其不幸仕不遇時德宗以苛刻

數語有隱

敘宣公十二件事辭簡意悉

誠當時之急

爲能而贄諫以忠厚德宗以猜忌爲術而贄勸以推誠德宗好用兵而贄以消兵爲先德宗吝用財而贄以散財爲急至於用人聽言之法治邊馭將之方罪已以收人心改過以應天道去小人以除民患惜名器以待有功如此之流未易悉數可謂進苦口之藥石鍼害身之膏肓使德宗盡用其言則貞觀可得而復臣每退自西閤即私相告以陛下聖明必善贄議論但使聖賢之相契即如臣主之同時昔馮唐論李牧之賢則漢文爲之太息魏

遼寧省圖書館藏
陶湘舊藏閔凌刻本集成

相條晁董之對則孝宣以致中興若陛下能自得師則莫若近取之贄夫六經三史諸子百家非無可觀皆足爲治但聖言幽遠末學支離譬如山海之崇深難以一二而推擇如贄之論開卷了然聚古今之精英實治亂之龜鑑臣等欲取其奏議稍加校正繕寫進呈願陛下置之坐隅如見贄面反覆熟讀如與贄言必能發聖性之高明成治功於歲月臣等不勝區區之意取進止

林次崖曰雖言陸贄之不遇於德宗其寔言自已事

蓋觀諷當時之君也語簡意切而文又精粹如精金
美玉愈讀而愈不猒

蘇文卷之五下

上梅直講書

識見高邁筆意清婉天下之至文也

某官執事某每讀詩至鴟鴞讀書至君奭常竊悲周公之不遇及觀史見孔子厄於陳蔡之間而絃歌之聲不絕顏淵仲由之徒相與問答夫子曰匪兕匪虎率彼曠野吾道非耶吾何爲於此顏淵曰夫子之道至大故天下莫能容雖然不容何病不容然後見君子夫子油然而笑曰回使爾多財吾爲爾宰夫天下雖不能容而其徒自足以相樂如

此乃今知周公之富貴有不如夫子之貧賤夫以周公之賢以管蔡之親而不知其心則周公誰與樂其富貴而夫子之所與共貧賤者皆天下之賢才則亦足與樂乎此矣軾七八歲時始知讀書聞今天下有歐陽公者其爲人如古孟軻韓愈之徒而又有梅公者從之遊而與之上下其議論其後益壯始能讀其文詞想見其爲人意其飄然脫去世俗之樂而自樂其樂也方學爲對偶聲律之文求斗升之祿自度無以進見於諸公之間來京師

適年未嘗窺其門今年春天下之士羣至於禮部執事與歐陽公實親試之誠不自意獲在第二旣而聞之人執事愛其文以爲有孟軻之風而歐陽公亦以其能不爲世俗之文也而取焉是以在此非左右爲之先容非親舊爲之請屬而嚮之十餘年間聞其名而不得見者一朝爲知已退而思之人不可以苟富貴亦不可以徒貧賤有大賢焉而爲其徒則亦足恃矣苟其僥一時之幸從車騎數十人使閭巷小民聚觀而贊歎之亦何以易此樂

也。傳曰：不怨天，不尤人。蓋優哉游哉，可以卒歲。孰
事名滿天下，而位不過五品，其容色溫然而不怒，
其文章寬厚敦朴而無怨言。此必有所樂乎斯道
也。軾願與聞。

呂雅山曰：忘情縱筆，極瀟洒變態之妙。

遼寧省圖書館藏
陶湘舊藏閔凌刻本集成

大臣守尋常而不務大略

一篇大指

上韓太尉書

前數段俱是泛要緊語妙在後段結來成文

軾生二十有二年矣自七八歲知讀書及壯大不能曉習時事獨好觀前世盛衰之迹與其一時風俗之變自三代以來頗能論著以爲西漢之衰其大臣守尋常而不務大畧東漢之末士大夫多奇節而不循正道元成之間天下無事公卿將相安其祿位顧其子孫各欲樹私恩買田宅爲不可動之計低回畏避以苟歲月而皆依放儒術六經之言而取其近似者以爲口實孔子曰惡居下流而

士大夫多奇邪而不循正道

訕上惡訐以爲直而劉歆谷永之徒又相與彌縫其闕而緣飾之故其衰也靡然如蛟龍釋其風雲之勞而安於豢畜之樂終以不悟使其肩披股裂登於匹夫之組豈不悲哉其後桓靈之君懲往昔之弊而欲樹人主之威權故頗用嚴刑以督責臣下忠臣義士不容於朝廷故群起於草野相與力爲險怪驚世之行使天下豪傑奔走於其門得爲之執鞭而其自喜不啻若卿相之榮於是天下之士囂然皆有無用之虚名而不適於實效故其上

遼寧省圖書館藏陶湘舊藏閔凌刻本集成

此方是中正之道瞻猶親云

也如人之病狂不知堂宇宮室之爲安而號呼奔走以自顛仆昔者太公治齊舉賢而尚功周公曰後世必有簒弑之臣周公治魯親親而尊尊太公曰後世寖微矣漢之事迹誠大類此豈其當時公卿士大夫之行與其風俗之剛柔各有以致之耶

摠處好

古之君子剛毅正直而守之以寛忠恕仁厚而發之以義故其在朝廷則士大夫皆知洗濯磨淬勠力於王事而不敢爲非常可怪之行此三代王政之所由興也曾子曰上失其道民散久矣天下之

此二句束盡前面許多意思

人幸而有不爲阿附苟容之事者則務爲倜儻矯異求如東漢之君子惟恐不及可悲也已軾自幼時聞富公與太尉皆號爲寛厚長者然終不可犯以非義及來京師而二公同時在兩府愚不能知其心竊於道塗望其容貌寛然如有容見惡不怒見善不喜豈古所謂大臣者歟夫循循者固不能有所爲而翹翹者又非聖人之中道是以願見大尉得聞一言足矣太尉與大人最厚而又嘗辱問其姓名此尤不可以不見今已後矣不宣

有收拾

遼寧省圖書館藏陶湘舊藏閔凌刻本集成

茅鹿門曰頌而不諂婉而不卑

歷誦富公無間凡三段變

上富丞相書

前一段誦美富公處極明著後一段規諷富公處極微婉

軾聞之進說於人者必其人之有間而可入則其說易行戰國之人貪天下之士因其貪而說之危國之人懼天下之士因其懼而說之是故其說易行古之人一說而合至有立談之間而取公相者未嘗不始於戰國危國何則有間而可入也居今之世而欲進說於明公之前不得其間而求入焉則亦可謂天下之至愚無知者矣地方萬里而制於一姓極天下之尊而盡天下之富不可以有加

花三樣格局

矣而明公爲之宰四夷不作兵革不試是明公無貪於得而無懼於失也方西戎之熾也狄人乘閒以跨吾北中國之大不畏而畏明公之一辭是明公之勇冠於天下也明公居於山東而傾河朔之流人父棄其子夫棄其妻而自歸於明公者百餘萬明公人人而食之旦旦而撫之此百萬人者出於溝壑之中而免於烏鳶豺狼之患生得以養其父母而祭其祖考死得以使其子孫塟埋祭祀不失其故常是明公之仁及於百世也勇冠於天下

遼寧省圖書館藏
陶湘舊藏閔凌刻本集成

而仁及於百世士之生於世如此此亦足矣今也處
於至足之勢則是明公無復有所羨慕於天下之
功名也五帝三代之事百家之書莫不盡讀禮樂
刑政之大小兵農財賦之盛衰四海之內地里之
遠近山川之險易土物之所宜莫不盡知當世之
賢人君子與夫姦僞險詐之徒莫不盡究至於曲
學小數茫昧戃怳而不可知者皆獵其華而咀其
英泛其流而涉其源雖自謂當世之辯不能傲之
以其所不知則是明公無復有所畏憚於天下之

摠得妙

太行百折忽到康衢

博學也名爲天下之賢人而貴爲天子之宰無貪於得而無懼於失無羨於功名而無畏於博學是其果無間而可入也天下之士果不可以進諫也

撩入却又速處

軾也聞之楚左史倚相曰昔衛武公年九十有五猶日箴儆於國曰自卿以下至於官師苟在朝者無謂我老耄而舍我朝夕以交戒我猶以爲未也而作詩以自戒其詩曰抑抑威儀惟德之隅夫衛武公惟居於至足而自以爲不足故其没也謚之曰睿聖武公嗟夫明公豈以其至足而無間以拒

遼寧省圖書館藏
陶湘舊藏閔凌刻本集成

徧全二字用得好得規諷之体

天下之士則士之進說者亦何必其聞之人哉不然軾將誦其所聞而明公試觀之夫天下之小人所爲奔走輻輳於大人之門而爲之用者何也大人得其全小人得其偏大人得其全故能兼受而獨制小人得其偏是以聚而求合於大人之門古之聖人惟其聚天下之偏而各收其用以爲非偏則莫肯聚也是故不以其全而責其偏夫惟全者之不可以多有也故天下之偏者惟全之求今以其全而責其偏夫彼若能全將亦爲我而已矣又

由夫子推到富公

何求焉昔者夫子廉潔而不爲異衆之行勇敢而不爲過物之操孝而不狥其親忠而不犯其君凡此者是夫子之全也原憲廉而至於貧公良孺勇而至於鬬曾子孝而狥其親子路忠而犯其君凡此者是數子之偏也夫子居其全而收天下之偏是以若此巍巍也若夫明公其亦可謂天下之全矣廉而天下不以爲介直而天下不以爲訐剛健而不爲彊敦厚而不爲蒻此明公之所得之於天而天下之所不可望於明公者也明公居其全天

遼寧省圖書館藏
陶湘舊藏閔凌刻本集成

高公取士尚中庸黜詭異故坡翁以此諷之

下效其偏其誰曰不可異時士大夫皆喜爲卓越之行而世世亦貴狡悍之才自明公執政而朝廷之間習爲中道而務循於規矩士之矯飾力行爲異者衆必共笑之夫卓越之行非至行也而有取於世狡悍之才非眞才也而有用於天下此古之全人所以坐而收其功也今天下卓越之行狡悍之才舉不敢至於明公之門懼以其不能而獲非於門下軾之不肖竊以爲天下之未大治兵之未振財之未豐天下之有望於明公而未獲者其或由

生末方露

此也歟昔范公收天下之士不考其素苟可用者
莫不咸在雖其狂獧無行之徒亦自效于下風而
范公亦躬爲詭特之操以震之夫范公之取人者
是也其自爲者非也伏惟明公以天下之全而自
居去其短而襲其長以收功於無窮軾也西南之
匹夫求斗升之祿而至於京師翰林歐陽公不知
其不肖使與於制舉之末而發其猖狂之論是以
輒進說於左右以爲明公必能容之所進策論五
十篇貧不能盡寫而致其半觀其大略幸甚

遼寧省圖書館藏陶湘舊藏閔凌刻本集成

茅鹿門曰：子瞻上執政書，其所自持處蔚然。

亂評韓處是一篇議論根子

上曾丞相書

本韓文公上于襄陽書反意成文

軾聞之將有求於人而其說不誠則難以望其有合矣世之奇特之士其處也莫不爲異衆之行而其出也莫不爲怪詭之詞比物引類以摇撼當世理不可化而欲以勢劫之將以術售其身古之君子有韓子者其爲說曰王公大人不可以無貧賤之士居其下風而推其後大其聲名而久其傳雖其貴賤之闊絶而其相須之急不啻若左右手嗚呼果其用是說也則夫世之君子所爲老死而不

遇者無足怪矣今夫扣之者急則應之者疑其辭夸則其實必有所不副今吾以爲王公大人不可以一日而無吾也彼將退而考其實則亦無乃未至於此耶昔者漢高未嘗喜儒而不失爲明君衛雐未嘗薦士而不失爲賢公卿吾將以吾之説而彼將以彼之説彼是相拒而不得其歡心故貴賤之間終不可以合而道終不可以行何者其扣之急而其辭夸也鬻千金之璧者不之於肆而願觀者塞其門觀者歎息而主人無言焉非不能言知

王公大人有意於世則家不求彼而彼求家又何必叩之急而誇其辭耶

稱其人品之高非誇辭急叩所能售

言之無加也今也不幸而坐於五達之衢又呶呶焉自以爲希世之珍過者不顧執其裾而强觀之則其所鬻者可知矣王公大人其無意於天下後世者亦安以求爲也苟其不然則士之過於其前而有動於其目者彼將褰裳疾行而請取之故凡皇皇汲汲者舉非吾事也昔者嘗聞明公之風矣以大臣之子孫而取天下之高第才足以過人而自視缺然常若不足安於小官而樂於恬淡方其在太學之中衣縕飲糗若將終身至於德發而不

見生平未嘗詅辭急卬於人

可掩名高而不可仰貴爲天子之少宰而其自視不加於其舊之錙銖其度量宏達至於如此此其尤不可以夸辭而急抑者也軾不佞自爲學至今十有五年以爲凡學之難者難於無私無私之難者難於通萬物之理故不通乎萬物之理雖欲無私不可得也已好則好之已惡則惡之以是自信則惑也是故幽居默處而觀萬物之變盡其自然之理而斷之於中其所不然者雖古之所謂賢人之說亦有所不取雖以此自信而亦以此自知其

遼寧省圖書館藏陶湘舊藏閔凌刻本集成

不悖於世也故其言語文章未嘗輒至於公相之門今也天子舉直諫之士而兩制過聽謬以其名聞竊以爲與於此者皆有求於吾君吾相者也故亦敢獻其文凡十篇而書爲之先惟所裁擇幸甚

唐荆川曰此文與説富公文同意皆欲以無意中之

茅鹿門曰論政用治好名二項亦切宋事

應制舉上兩制書

筆勢放達氣象跌宕如水之在海如珠之走盤

軾聞古者有貴賤之際有聖賢之分二者相勝而不可以相參其勢然也治其貴賤之際則不知聖賢之爲高行其聖賢之分則不知貴賤之爲差昔者子思孟軻之徒不見諸侯而耕於野比閭小吏一呼於其門則攝衣而從之至於齊魯千乘之君操幣執贄因門人以願交於下風則閉門而不納此非苟以爲異而已將以明乎聖賢之分而不參於貴賤之際故其攝衣而從之也君子不以爲畏

由子思孟軻說入自家身上来

文無住口處

而其閉門而拒之也君子不以爲傲何則其分定也士之賢不肖固有之矣子思孟軻不可以人人而求之然而貴賤之際聖賢之分二者要不可以不知也世道衰喪不能深明於斯二者而錯行之施之不得其處故其道兩亡今夫軾朝生於草茅塵土之中而夕與於州縣之小吏其官爵勢力不足較於世亦明矣而諸公之貴至與人主揖讓周旋而無間大車駟馬至於門者逡巡而不敢入軾也非有公事而輒至於庭求以賓客之禮見於下

遼寧省圖書館藏
陶湘舊藏閔凌刻本集成

執事固已獲罪於貴賤之際矣雖然當世之君子不以其愚陋而使與於制舉之末朝廷之上不以其疏賤而使奏其猖狂之論軾亦自忘其不肖而以爲是兩漢之主所孜孜而求之親降色辭而問之政者也其才雖不足以庶幾於聖賢之間而學其道治其言則所守者其分也是故踽踽然而來仰不知明公之尊而俯不知其身之賤不由紹介不待辭讓而直言當世之故無所委曲者以爲貴賤之際非所以施於此也軾聞治事不若治人治

正論方起

從時字發根漸說到下二事

人不若治法治法不若治時時者國之所以存亡天下之所最重也周之衰也時人莫不苟媮而不立周雖欲其立而不可得也故周亡秦之衰也時人莫不貪利而不仁秦雖欲其仁而不可得也故秦亡西漢之衰也時人莫不柔懦而謹畏故君臣相蒙而至於危東漢之衰也時人莫不矯激而奮厲故賢不肖不相容以至於亂夫時者豈其所自

轉有力

爲耶王公大人實爲之軾將論其時之病而以爲其權在諸公諸公之所好天下莫不好諸公之所

遼寧省圖書館藏
陶湘舊藏閔凌刻本集成

此處雙提下邊應是時策体態变化綽約自有東坡本色

惡天下莫不惡故軾敢以今之所患二者告於下執事其一曰用法太寬而不求情其二曰好名太高而不適實此二者時之大患也何謂用法太寬而不求情昔者天下未平而法不立則人行其私意仁者遂其仁勇者致其勇君子小人莫不以其意從事而不困於繩墨之間故易以有功而亦易以亂及其治也天下莫不趨於法不敢用其私意而惟法之知故雖賢者所爲要以如法而止不敢於法律之外有所措意夫人勝法則法爲虛器法

勝人則人爲備位人與法並行而不相勝則天下
安今自一命以上至於宰相皆以奉法循令爲稱
其職拱手而任法曰吾豈得自由哉法旣大行故
人爲備位其成也其敗也其治也其亂也天下皆
曰非我也法也法之弊豈不亦甚矣哉昔者漢高
之時畱侯爲太子少傅位於叔孫之後而周昌亦
自御史大夫爲諸矦相天下有緩急則功臣左遷
而不怨此亦知其君臣之權不以法而相持也今
天下所以任法者何也任法生於自疑自疑生於

遼寧省圖書館藏
陶湘舊藏閔淩刻本集成

多私惟天下之無私則能於法律之外有以效其智何則其自信明也夫唐永泰之間姦臣執政政以賄成德宗發憤而用常衮衮一切用法四方奏請莫有獲者然天下否塞賢愚不分君子不以爲能也崔祐甫爲相不至朞年而除吏八百多其親舊或者以爲譏祐甫曰不然非親與舊則安得而知之顧其所用如何爾君子以爲善用法令天下泯泯焉莫有深思遠慮者皆任法之過也何謂好名太高而不適實昔者聖人之爲天下使人各致

其能以相濟也不一則不專不專則不能自堯舜之時而伯夷后夔稷契之倫皆不過名一藝辦一職以盡其能至於子孫世守其業而不遷夔不敢自與於知禮而契不敢自任於播種至於三代之際亦各輸其才而安其習以不相犯躐凡書傳所載者自非聖人皆止於名一藝辦一職故其藝未嘗不精而其職未嘗不舉後世之所希望而不可及者由此故也下而至於漢其君子各務其所長以相左右故史之所記武宣之際自公孫魏邴以

下皆不過以一能稱於當世夫人各有才才各有小大大者安其大而無忽於小小者樂其小而無慕於大是以各適其用而不喪其所長及至後世上失其道而天下之士皆有侈心恥以一藝自名而欲盡天下之能事是故喪其所長而至於無用今之士大夫其實病此也仕者莫不談王道述禮樂皆欲復三代追堯舜終於不可行而世務因以不舉學者莫不論天人推性命終於不可究而世教因以不明自許太高而措意太廣太高則無用

因循是用法
太密鹵莽是
好名太高

歸到上書意

太廣則無功是故賢人君子布於天下而事不立聽其言則侈大而可樂責其效則汗漫而無當此皆好名之過深惟古之聖賢建功立業興利捍患至於百工小民之事皆有可觀不若今世之因循鹵莽其故出於此二者歟伏惟明公才略之宏偉度量之寬厚學術之廣博聲名之煒燁冠於一時而振於百世百世之所望而正者意有所向則天下奔走而趨之則其懸時憂世之心或有取於斯言也軾將有深於此者而未敢言焉不宜軾再拜

總前用法好名兩意

遼寧省圖書館藏
陶湘舊藏閔凌刻本集成

茅鹿門曰氣之一字爲一篇命脈

上劉侍讀書

軾聞天下之所少者非才也才滿於天下而事不立天下之所少者非才也氣也何謂氣曰是不可名者也若有鬼神焉而陰相之今夫事之利害計之得失天下之能者舉知之而不能辨能辨其小而不能辨其大則氣有所不足也夫氣之所加則已大而物小於是乎受其至大而不爲之驚納其至繁而不爲之亂任其至難而不爲之憂享其至樂而不爲之蕩是氣也受之於天得之於不可知

之間傑然有以盖天下之人而出萬物之上非有
君長之位殺奪施予之權而天下環嚮而歸之此
必有所得者矣多才而敗者世之所謂不幸者也
若無能焉而每以成者世之所謂天幸者也夫幸
與不幸君子之論不施於成敗之間而施於窮達
之際故凡所以成者其氣也其所以敗者其才也
氣不能守其才則焉往而不敗世之所以多敗者
皆知求其才而不知論其氣也若夫明公其亦有
所得矣軾非敢以虚詞而曲說誠有所見焉耳夫

此下文勢更見跌宕

天下有分得其分則安非其分而以一毫取於人則羣起而爭之天下有無窮之利自一命以上至於公相其利可愛其塗甚夷設爲科條而待天下之擇取然天下之人趦足跂首而羣望之逡巡而不敢進者何也其分有所止也天下有無功而遷一級者則衆指之矣遷者不容於下遷之者不容於上而況其甚者乎明公起於徒步之中執五寸之翰書方尺之簡而列於士大夫之上橫翔捷出冠壓百吏而爲之表猶以爲未也而加之師友之

三不以句與前兩不容句相叫應

職付之全泰之地地方千里則古之方伯連帥所不能有也東障崤澠北跨河渭南倚巴蜀西控戎夏則古之秦昭王商君白起之徒所以殫身殘民百戰而有之者也奮臂而取兩制不十餘年而天下不以爲速非有汗馬之勞米鹽之能以擅富貴之美而天下不以爲無功抗顏高議自以無前而天下不以爲無讓此其氣固有以大服於天下矣天下無大事也天下而有大事非其氣之過人者則誰實辦之軾遠方之鄙人遊於京師聞明公之

遼寧省圖書館藏
陶湘舊藏閔淩刻本集成

風。幸其未至於公相而猶可以誦其才氣之盛美
而庶幾於知言惜其將遂西去而不得從也故請
問於門下以願望見其風采不宣

茅鹿門曰以醫爲喻起議論却將正意一記

蘇文卷之六

蓋公堂記

記者紀事之文也此篇光譬喻後紀事亦記之變體

始吾居鄉有病寒而欬者問諸醫醫以爲蠱不治且殺人取其百金而治之飲以蠱藥攻伐其腎腸燒灼其體膚禁切其飲食之美者朞月而百疾作內熱惡寒而欬不已纍然真蠱者也又求於醫醫以爲熱授之以寒藥旦朝吐之暮夜下之於是始不能食懼而反之則鐘乳烏喙雜然並進而漂疽癰疥眩瞀之狀無所不至三易醫而疾愈甚里老

父教之日是醫之辠藥之過也子何疾之有人之生也以氣爲主食爲輔今子終日藥不釋口臭味亂于外而百毒戰于内勞其主隔其輔是以病也子退而休之謝醫却藥而進所嗜氣完而食美矣則夫藥之良者可以一飲而效從之朞月而病良已昔之爲國者亦然吾觀夫秦自孝公已來至於始皇立法更制以鐫磨鍛鍊其民可謂極矣蕭何曹參親見其斲喪之禍而收其民於百戰之餘知其厭苦憔悴無聊而不可與有爲也是以一切與

遼寧省圖書館藏
陶湘舊藏閔凌刻本集成

清淨二字一篇筋骨

之休息而天下安始參爲齊相召長老諸先生問所以安集百姓而齊故諸儒以百數言人人殊參未知所定聞膠西有蓋公善治黄老言使人請之蓋公爲言治道貴清靜而民自定推此類具言之參於是避正堂以舍蓋公用其言而齊大治其後以其所以治齊者治天下天下至今稱賢焉吾爲膠西守知公之爲邦人也求其墳墓子孫而不可得慨然懷之師其言想見其爲人庶幾復見如公者治新寢於黄堂之北易其弊陋達其蔽塞重門

兩轉有餘味

洞開盡城之南北相望如引繩名之曰蓋公堂時從賓客僚吏遊息其間而不敢居以待如公者焉夫曹參爲漢宗臣而蓋公爲之師可謂盛矣而史不記其所終豈非古之至人得道而不死者歟膠西東並海南放于九僊北屬之牢山其中多隱君子可聞而不可見可見而不可致安知蓋公不往來其間乎吾何足以見之

遼寧省圖書館藏
陶湘舊藏閔凌刻本集成

喜雨亭記

亭以雨名志喜也古者有喜則以名物示不忘也周公得禾以名其書漢武得鼎以名其年叔孫勝狄以名其子其喜之大小不齊其示不忘一也余至扶風之明年始治官舍爲亭於堂之北而鑿池其南引流種樹以爲休息之所是歲之春雨麥於岐山之陽其占爲有年既而彌月不雨民方以爲憂越三月乙卯乃雨甲子又雨民以爲未足丁卯大雨三日乃止官吏相與慶於庭商賈相與歌於

一反一正說盡喜雨之意

市農夫相與忭於野憂者以樂病者以愈而吾亭適成於是舉酒於亭上以屬客而告之曰五日不雨可乎曰五日不雨則無麥十日不雨可乎曰十日不雨則無禾無麥無禾歲且荐飢獄訟繁興而盜賊滋熾則吾與二三子雖欲優游以樂於此亭其可得耶今天不遺斯民始旱而賜之以雨使吾與二三子得相與優游而樂於此亭者皆雨之賜也其又可忘耶既以名亭又從而歌之曰使天而雨珠寒者不得以爲襦使天而雨玉飢者不得以

筆下飛洒可潑雲氣

爲粟一雨三日繫誰之力民曰太守太守不有歸之天子天子曰不然歸之造物造物不自以爲功歸之太空太空冥冥不可得而名吾以名吾亭

李性學曰子瞻喜雨亭記結云太空冥冥不可得而名吾以名吾亭是化無爲有淩虛臺記結云蓋世有足恃者而不在乎臺之存亡也是化有爲無

其廟門四字臈本色與淩虛臺記並本之莊生

說超然之意甚透

超然臺記

文字凡四段前解意後叙事

凡物皆有可觀苟有可觀皆有可樂非必怪奇偉麗者也餔糟啜漓皆可以醉果蔬草木皆可以飽推此類也吾安往而不樂夫所謂求福而辭禍者以福可喜而禍可悲也人之所欲無窮而物之可（指富貴）以足吾欲者有盡（利達）美惡之辨戰乎中而去取之擇交乎前則可樂者常少而可悲者常多是謂求禍（指他過）而辭福夫求禍而辭福豈人之情也哉物有以蓋之矣（波盡）彼遊於物之內而不遊於物之外物非有大

叙臺之所自

小也自其內而觀之未有不高且大者也彼挾其高大以臨我則我常眩亂反覆如隙中之觀鬬又烏知勝負之所在是以美惡横生而憂樂出焉可不大哀乎余自錢唐移守膠西釋舟楫之安而服車馬之勞去雕牆之美而蔽采椽之居背湖山之觀而行桑麻之野始至之日歲比不登盜賊滿野獄訟充斥而齋厨索然日食杞菊人固疑余之不樂也處之朞年而貌加豐髮之白者日以反黑余既樂其風俗之淳而其吏民亦安余之拙也於是

叙臺之可樂黄宗一回四望遼廓胸次豁然所謂遠人大觀者

治其園圃潔其庭宇伐安丘高密之木以修補破敗為苟完之計而園之北因城以為臺者舊矣稍葺而新之時相與登覽放意肆志焉南望馬耳常山出沒隱見若近若遠庶幾有隱君子乎而其東則盧山秦人盧敖之所從遁也西望穆陵隱然如城郭師尚父齊桓公之遺烈猶有存者北俯濰水慨然太息思淮陰之功而弔其不終臺高而安深而明夏涼而冬溫雨雪之朝風月之夕余未嘗不在客未嘗不從擷園蔬取池魚釀秫酒瀹脫粟而

胡龍溪曰收上安注而不樂及遊於物之外句

食之曰樂哉遊乎方是時余弟子由適在濟南聞而賦之且名其臺曰超然以見余之無所往而不樂者蓋遊於物之外也

唐荆川曰前發超然之意後段叙事解意兼叙事格

宗方城曰東坡胸中本無軒冕故其風神筆墨皆自瀟洒

駕馭馳驟處

魏公所以羨樂天之意

醉白堂記

故魏國忠獻韓公作堂於私第之池上名之曰醉白取樂天池上之詩以爲醉白堂之歌意若有羨於樂天而不及者天下之士聞而疑之以爲公既已無愧於伊周矣而猶有羨於樂天何哉軾聞而笑曰公豈獨有羨於樂天而已乎方且願爲尋常無聞之人而不可得者天之生是人也將使任天下之重則寒者求衣饑者求食凡不獲者求得苟有以與之將不勝其求是以終身處乎憂患之域

說白不如韓韓不如白又說韓白之相同如此三段筆力識見自是不凡

而行乎利害之途豈其所欲哉夫忠獻公旣已相三帝安天下矣浩然將歸老於家而天下共挽而留之莫釋也當是時其有羨於樂天無足怪者然以樂天之平生而求之公較其所得之厚薄淺深孰有孰無則後世之論有不可欺者矣文致太平武定亂畧謀安宗廟而不自以爲功急賢才輕爵祿而士不知其恩殺伐果敢而六軍安之四夷八蠻想聞其丰采而天下以其身爲安危此公之所有而樂天之所無也乞身於彊健之時退居十有

遼寧省圖書館藏
陶湘舊藏閔凌刻本集成

說醉白之意又高一層

分明韓優於白而憙白渾

五年日與其朋友賦詩飲酒盡山水園池之樂府有餘帛廩有餘粟而家有聲伎之奉此樂天之所有而公之所無也忠言嘉謨效於當時而文采表於後世死生窮達不易其操而道德高於古人此公與樂天之所同也公既不以其所有自少將推其同者而自託焉方其寓形於一醉也齊得喪忘禍福混貴賤等賢愚同乎萬物而與造物者遊非獨自比於樂天而已古之君子其處已也厚其取名也廉是以實浮於名而世誦其美不厭以孔子

拓開

融

之聖而自比於老彭，自同於丘明，自以不如顏淵。後之君子，實則不至，而皆有侈心焉。臧武仲自以爲聖，白圭自以爲禹，司馬長卿自以爲相如，楊雄自以爲孟軻，崔浩自以爲子房，然世終莫之許也。由此觀之，忠獻公之賢於人遠矣。昔公嘗告其子忠彦，將求文於軾以爲記而未果。公薨，既葬，忠彦以告軾，以爲義不得辭也，乃泣而書之。

虞部菴曰：韓公雖以樂天自處，而樂天功業實不及韓公。此篇雖提韓公，亦不放倒樂天，得體。

五轉甚妙俱從空中擬建

張君墨寶堂記

世人之所共嗜者美飲食華衣服好聲色而已有人焉自以爲高而笑之彈琴奕棋蓄古書法圖畫客至出而誇觀之自以爲至矣則又有笑之者曰古之人所以自表見于後世者以有言語文章也是惡足好而豪傑之士又相與笑之以爲士當以功名聞於世若乃施之空言而不見於行事此不得已者之所爲也而其所謂功名者自知效一官等而上之至於伊呂稷契之所營劉項湯武之所

爭極矣而或者猶不免乎笑曰是區區者曾何足言而許由辭之以爲難孔丘知之以爲博由此言之世之相笑豈有旣乎士方志於其所欲得雖小物有捐軀忘親而馳之者故有好書而不得其法則拊心嘔血幾死而僅存至於剖冢斲棺而求之是豈有聲色臭味足以移人方其樂之也雖其口不能自言而況他人乎人特以已之不好笑人之好則過矣毗陵人張君希元家世好書所蓄古今人遺跡至多盡刻諸石築室而藏之屬予爲記予

蜀人也蜀人喭曰學書者紙費學醫者人費此言雖小可以喻大世有好功名者以其未試之學而驟出之於政其費人豈特醫者之比乎今張君以兼人之能而位不稱其才優游終歲無所役其心智則以書自娛然以予觀之君豈久閑者蓄極而通必將大發之於政君知政之費人也甚於醫則願以予之所言者爲鑒

鄒二泉曰眞是文章中脫胎換骨皆從莊子變化來
唐荊川曰此文前後各自爲議論暗相照應甚密

遼寧省圖書館藏
陶湘舊藏閔凌刻本集成

茅鹿門曰有一種達人風旨

寓意於物者之樂

王君寶繪堂記 文字做得負活不為題目所拘錄之以破俗調

君子可以寓意於物而不可以留意於物寓意於物雖微物足以為樂雖尤物不足以為病留意於物雖微物足以為病雖尤物不足以為樂老子曰五色令人目盲五音令人耳聾五味令人口爽馳騁田獵令人心發狂然聖人未嘗廢此四者亦聊以寓意耳劉備之雄才也而好結髦嵇康之達也而好鍛鍊阮孚之放也而好蠟屐此豈有聲色臭味也哉而樂之終身不厭凡物之可喜足以悅人

留意於物者之病

留意

寓意

而不足以移人者莫若書與畫然至其留意而不釋則其禍有不可勝言者鍾繇至以此嘔血發塚宋孝武王僧虔至以此相忌桓玄之走舸王涯之複壁皆以兒戲害其國凶其身此留意之禍也始吾少時嘗好此二者家之所有惟恐其失之人之所有惟恐其不吾予也旣而自笑曰吾薄富貴而厚於書輕死生而重於畫豈不顛倒錯繆失其本心也哉自是不復好見可喜者雖時復蓄之然爲人取去亦不復惜也譬之煙雲之過眼百鳥之感

遼寧省圖書館藏陶湘舊藏閔凌刻本集成

王鳳洲曰點綴出樂字病字稍〻四顧便精神百倍且爲下文斂王晉卿立根脚

收拾得好

耳豈不欣然接之去而不復念也於是乎二物者常爲吾樂而不能爲吾病駙馬都尉王君晉卿雖在戚里而其被服禮義學問詩書常與寒士角平居攘去膏粱屏遠聲色而從事於書畫作寶繪堂於私第之東以蓄其所有而求文以爲記恐其不幸而類吾少時之所好故以是告之庶幾全其樂而遠其病也熙寧十年七月二十日記

唐荆川曰小題從大處起議論有箴規之意

遼寧省圖書館藏
陶湘舊藏閔凌刻本集成

茅鹿門曰跡曠然絕特〻沉溺之思叙事空潤不俗

放鶴亭記

好文字得心應手處全在文機發動讀此文能發文機

熈寧十年秋彭城大水雲龍山人張君之草堂水及其半扉明年春水落遷於故居之東東山之麓升高而望得異境焉作亭於其上彭城之山岡嶺四合隱然如大環獨缺其西一面而山人之亭適當其缺春夏之交草木際天秋冬雪月千里一色風雨晦明之間俯仰百變山人有二鶴甚馴而善飛旦則望西山之缺而放焉縱其所如或立於陂田或翔於雲表莫則傃東山而歸故名之曰放鶴

結束上二意何等筆力

亭郡守蘇軾時從賔客僚吏往見山人飲酒於斯
亭而樂之挹山人而告之曰子知隱居之樂乎雖
南面之君未可與易也易曰鳴鶴在陰其子和之
詩曰鶴鳴于九皐聲聞于天盖其爲物清遠閑放
超然于塵埃之外故易詩人以比賢人君子隱德
之士狎而玩之宜若有益而無損者然衛懿公好
鶴則亡其國周公作酒誥衛武公作抑戒以爲荒
惑敗亂無若酒者而劉伶阮籍之徒以此全其真
而名後世嗟夫南面之君雖清遠閑放如鶴者猶

遼寧省圖書館藏陶湘舊藏閔凌刻本集成

不得好好之則亡其國而山林遁世之士雖荒惑
敗亂如酒者猶不能爲害而况於鶴乎由此觀之
其爲樂未可以同日而語也山人忻然而笑曰有
是哉乃作放鶴招鶴之歌曰
鶴飛去兮西山之缺高翔而下覽兮擇所適翻然
斂翼婉將集兮忽何所見矯然而復擊獨終日於
澗谷之間兮啄蒼苔而履白石鶴歸來兮東山之
陰其下有人兮黃冠草屨葛衣而鼓琴躬耕而食
兮其餘以汝飽歸來歸來兮西山不可以久留

李杜學曰文字請客對主極難子瞻放鶴亭記以酒
對鶴請客對主分外精袂又歸得放鶴亭隱居之意
切然須前面陷飲酒二字方入得來亦是一格

遼寧省圖書館藏陶湘舊藏閔凌刻本集成

蘇文卷之六下

思堂記

定安章質夫築室於公堂之西名之曰思曰吾將朝夕於是凡吾之所爲必思而後行子爲我記之嗟夫余天下之無思慮者也遇事則發不暇思也未發而思之則未至已發而思之則無及以此終身不知所思言發於心而衝於口吐之則逆人茹之則逆余以爲寧逆人也故卒吐之君子之於善也如好好色其於不善也如惡惡臭豈復臨事而

後思計議其美惡而避就之哉是故臨義而思利則義必不果臨戰而思生則戰必不力若夫窮達得喪死生禍福則吾有命矣少時遇隱者曰孺子近道少思寡欲曰思與欲若是均乎曰甚於欲庭有二盎以畜水隱者指之曰是有蟻漏是日取一升而棄之孰先竭曰必蟻漏者思慮之賊人也微而無間隱者之言有會於予心余行之且夫不思之樂不可名也虛而明一而通安而不懈不處而靜不飲酒而醉不閉目而睡將以是記思堂不亦

謬乎雖然言各有當也萬物並育而不相害道並行而不相悖以質夫之賢共所謂思者豈世俗之營營於思慮者乎易曰無思也無為也我願學焉詩曰思無邪質夫以之

前面言不思慶凡六段中引隱者言奇絶結尾數語歸思堂本旨便見奇幻

茅鹿門曰禪旨彼所謂信手拈來頭頭是道矣

脫去陳敝自標形袂

大悲閣記

大悲者觀世音之變也觀世音由聞而覺始於聞而能無所聞始於無所聞而能無所不聞能無所聞雖無身可也能無所不聞雖千萬億身可也而況於手與目乎雖然非無身無以舉千萬億身之衆非千萬億身無以示無身之至故散而爲千萬億身聚而爲八萬四千母陁羅臂八萬四千清淨寶目其道一爾昔吾嘗觀於此吾頭髮不可勝數而身毛孔亦不可勝數牽一髮而頭爲之動拔一

自佛引入人事

毛而身爲之變然則髮皆吾頭而毛孔皆吾身也彼皆吾頭而不能爲頭之用彼皆吾身而不能具身之智則物有以亂之矣吾將使世人左手運斤而右手執削目數飛鴈而耳節鳴鼓首肯旁人而足識梯級雖有智者有所不暇矣而况千手異執而千目各視乎及吾燕坐寂然心念凝默湛然如大明鏡人鬼鳥獸雜陳乎吾前色聲香味交遘乎吾體心雖不起而物無不接接必有道即千手之出千目之運雖未可得見而理則具矣彼佛菩薩

遼寧省圖書館藏
陶湘舊藏閔凌刻本集成

樓迂齋曰自起至此究轉發明變態百出更不曾有剩語

亦然雖一身不成二佛而一佛能遍河沙諸國非有它也觸而不亂至而能應理有必至而何獨疑於大悲乎成都西南大都會也佛事最勝而大悲之像未睹其傑有法師敏行者能讀內外教博通其義欲以如幻三昧爲一方首乃以大旃檀作菩薩像端嚴妙麗具慈愍性手臂錯出開合捧執指彈摩拊千態具備手各有目無妄舉者復作大閣以覆菩薩雄偉壯峙工與像稱都人作禮因敬生悟余游於四方二十餘年矣雖未得歸而想見其

處敏行使其徒法震乞文爲道其所以然者且頌
之曰
吾觀世間人兩目兩手臂物至不能應狂惑失所
措其有欲應者顛倒作思慮思慮非眞實無異無
手目菩薩千手手目與一手目同物至心亦至曾不
作思慮隨其所當應無不得其當引弓挾白羽劒
楯諸械器經卷及香華盂水青楊枝珊瑚大寶炬
白拂朱藤杖所遇無不執所執無有疑緣何得無
疑以我無心故若猶有心者千手當千心一人而

遼寧省圖書館藏
陶湘舊藏閔凌刻本集成

千心內自相攫攘何暇能應物千手無一心手手得其處稽手大悲尊願度一切衆皆證無心法皆具千手目

茅鹿門曰此等文字韓歐所不欲為此等見解韓歐所不能及由長公少悟禪宗心性超朗故其文獨得其至

遼寧省圖書館藏
陶湘舊藏閔凌刻本集成

死轉反難

以下裝明言大而非誇

六一居士集序

夫言有大而非誇，達者信之，衆人疑焉。孔子曰：「天之將喪斯文也，後死者不得與於斯文也。」孟子曰：「禹抑洪水，孔子作春秋，而予距楊墨。」盖以是配禹也。文章之得喪，何與於天？而禹之功與天地並，孔子、孟子以空言配之，不已誇乎？自春秋作而亂臣賊子懼，孟子之言行而楊墨之道廢，天下以是爲固然，而不知其功。孟子既没，有申商韓非之學，違道而趨利，殘民以厚生，其說至陋也，而士以是罔

以申韓形楊墨

巧

茅鹿門曰長公往〻空中生情

其上上之人僥倖一切之功靡然從之而世無大人先生如孔子孟子者推其本末權其禍福之輕重以救其惑故其學遂行秦以是喪天下陵夷至於勝廣劉項之禍死者十八九天下蕭然洪水之患蓋不至此也方秦之未得志也使復有一孟子則申韓爲空言作於其心害於其事作於其事害於其政者必不至若是烈也使楊墨得志於天下其禍豈減於申韓哉由此言之雖以孟子配禹可也太史公曰蓋公言黃老賈誼晁錯明申韓錯不

復說一番文氣愈足

有力

遼寧省圖書館藏
陶湘舊藏閔凌刻本集成

自孔子孟子說及韓子歸結於歐陽子誦歐陽子凡三段看其層疊處又看其貫穿處始得

足道也而誼亦爲之乎以是知邪說之移人雖豪傑之士有不免者况衆人乎自漢以來道術不出於孔氏而亂天下者多矣晉以老莊亡梁以佛亡莫或正之五百餘年而後得韓愈學者以愈配孟子蓋庶幾焉愈之後三百有餘年而後得歐陽子其學推韓愈孟子以達於孔氏著禮樂仁義之實以合於大道其言簡而明信而通引物連類折之於至理以服人心故天下翕然師尊之自歐陽子之存世之不說者譁而攻之能折困其身而不能

屈其言士無賢不肖不謀而同曰歐陽子今之韓愈也宋興七十餘年民不知兵富而教之至天聖景祐極矣而斯文終有愧於古士亦因陋守舊論卑而氣弱自歐陽子出天下爭自濯磨以通經學古爲高以救時行道爲賢以犯顏納諫爲忠長育成就至嘉祐末號稱多士歐陽子之功爲多嗚呼此豈人力也哉非天其孰能使之歐陽子沒十有餘年士始爲新學以佛老之似亂周孔之眞識者憂之賴天子明聖詔修取士法風厲學者專治孔

遼寧省圖書館藏
陶湘舊藏閔凌刻本集成

蘇氏論次其從正學合大道而序文之意未備得此數語意方盡

氏黜異端然後風俗一變考論師友淵源所自復知誦習歐陽子之書予得其詩文七百六十六篇於其子棐乃次而論之曰歐陽子論大道似韓愈論事似陸贄記事似司馬遷詩賦似李白此非予言也天下之言也歐陽子諱修字永叔既老自謂六一居士云

唐荊川曰體大而思精議論如走盤之珠

遼寧省圖書館藏
陶湘舊藏閔凌刻本集成

茅鹿門曰此作本以率意而書者而於中識度自遠

范文正公文集序　前叙情中贊美後述意

慶曆三年軾始總角入鄉校士有自京師來者以魯人石守道所作慶曆聖德詩示鄉先生軾從旁竊觀則能誦習其詞問先生以所頌十一人者何人也先生曰童子何用知之軾曰此天人也耶則不敢知若亦人耳何爲其不可先生奇軾言盡以告之且曰韓范富歐陽此四人者人傑也時雖未盡了則已私識之矣嘉祐二年始舉進士至京師則范公沒既葬而墓碑出讀之至流涕曰吾得其

王鳳洲曰何等駕馭一一收拾上截盡出以起議論

爲人葢十有五年而不一見其面豈非命也歟是歲登第始見知于歐陽公因公以識韓富皆以國士待軾曰恨子不識范文正公其後三年過許始識公之仲子今丞相堯夫又六年始見其叔彝叟京師又十一年遂與其季德孺同僚于徐皆一見如舊且以公遺藁見屬爲序又十三年乃克爲之

嗚呼公之功德葢不待文而顯其文亦不待序而傳然不敢辭者自以八歲知敬愛公今四十七年矣彼三傑者皆得從之游而公獨不識以爲平生

遼寧省圖書館藏
陶湘舊藏閔凌刻本集成

之恨若獲掛名其文字中以自託於門下士之末豈非疇昔之願也哉古之君子如伊尹太公管仲樂毅之流其王伯之略皆定於畎畝中非仕而後學者也淮陰侯見高帝於漢中論劉項短長畫取三秦如指諸掌及佐帝定天下漢中之言無一不酬者諸葛孔明臥草廬中與先主論曹操孫權規取劉璋因蜀之資以爭天下終身不易其言此豈口傳耳受嘗試爲之而僥倖其或成者哉公在天聖中居大夫人憂則已有憂天下致太平之意故

爲萬言書以遺宰相天下傳誦至用爲將擢爲執
政考其平生所爲無出此書者今其集二十卷爲
詩賦二百六十八爲文一百六十五其於仁義禮
樂忠信孝悌蓋如飢渴之於飲食欲須臾忘而不
可得如火之熱如水之濕蓋其天性有不得不然
者雖弄翰戲語率然而作必歸於此故天下信其
誠爭師尊之孔子曰有德者必有言非其言也德
之發於口者也又曰我戰則克祭則受福非能戰
也德之見於怒者也

進一步

湘二泉曰推尊文正全在萬
言書上起意

遼寧省圖書館藏
陶湘舊藏閔凌刻本集成

茅鹿門曰公與張方平家相知故其文亦相知之深中種種當理

樂全先生文集序

有德者必有言先生以德勝故其文可傳立意自好

孔北海志大而論高功烈不見於世然英偉豪傑之氣自爲一時所宗其論盛孝章郗鴻豫書慨然有烈丈夫之風諸葛孔明不以文章自名而開物成務之姿綜練名實之意自見於言語至出師表簡而盡直而不肆大哉言乎與伊訓說命相表裏非秦漢以來以事君爲悦者所能至也常恨二人之文不見其全今吾樂全先生張公安道其庶幾乎嗚呼士不以天下之重自任久矣言語非不工

先生淳古之行序次如書

也政事文學非不敏且博也然至於臨大事鮮不忘其故失其守者其器小也公爲布衣則頎然已有公輔之望自少出仕至老而歸未嘗以言徇物以色假人雖對人主必審而後言毀譽不動得喪若一眞孔子所謂大臣以道事君者世遠道散雖志士仁人或少貶以求用公獨以邁往之氣行正大之言曰用之則行舍之則藏上不求合於人主故雖貴而不用用而不盡下不求合於士大夫故悅公者寡不悅公者衆然至言天下偉人則必以

遼寧省圖書館藏陶湘舊藏閔凌刻本集成

萬丈危巖一木飛渡何等筆力

自叙其生平見所以作序之意

公爲首公盡性知命體乎自然而行乎不得已非蘄以文字名世者也然自慶曆以來訖元豐四十餘年所與人主論天下事見于章疏者多矣或用或不用而皆本於禮義合於人情是非有考於前而成敗有驗於後及其他詩文皆淸遠雄麗讀者可以想見其爲人信乎其有似於孔北海諸葛孔明也軾年二十以諸生見公成都公一見待以國士今二十餘年所以開發成就之者至矣而軾終無所效尺寸於公者獨求其文集手校而家藏之

且論其大略以待後世之君子昔曾魯公甞爲軾言公在人主前論大事他人終日反復不能盡者公必數言而決粲然成文皆可書而誦也言雖不盡用然慶曆以來名臣爲人主所敬莫如公者公今年八十一杜門却掃終日危坐將與造物者遊於無何有之鄉言且不可得聞而况其文乎凡爲文若干卷詩若干首

文進一步

遼寧省圖書館藏
陶湘舊藏閔凌刻本集成

茅鹿門曰勤上人之詩必不足傳而長公却於歐公之交上作一烟波議論負公者亦有所指有所感

錢塘勤上人詩集序

昔翟公罷廷尉賓客無一人至者其後復用賓客欲往翟公大書其門曰一死一生乃知交情一貴一富乃知交態一貴一賤交情乃見世以爲口實然予嘗薄其爲人以爲客則陋矣而公之所以待客者獨不爲小哉故太子太師歐陽公好士爲天下第一士有一言中於道不遠千里而求之甚於士之求公以故盡致天下豪傑自庸衆人以顯於世者固多矣士之負公者亦時有之蓋嘗慨然太

慨故於惠勤發之

知轉九

息以人之難知爲好士者之戒意公之於士自是少倦而其退老於潁水之上予往見之則猶論士之賢者惟恐其不聞於世也至於負巳者則曰是罪在我非其過翟公之客負之於死生貴賤之間而公之士叛公於瞬息俄頃之際翟公罪客而公罪巳與士益厚賢於古人遠矣公不喜佛老其徒有治詩書學仁義之說者必引而進之佛者惠勤從公遊三十餘年公常稱之爲聰明才智有學問者尤長於詩公薨於汝陰予哭之於其室其後見

之語及於公未嘗不涕泣也勤固無求於世而公又非有德於勤者其所以涕泣不忘豈爲利也哉予然後益知勤之賢使其得列於士大夫之閒而從事於功名其不負公也審矣熙寧七年余自錢塘將赴高密勤出其詩若干篇求予文以傳於世予以爲詩非待文而傳者也若其爲人之大略則非斯文莫之傳也

一篇總在此句

作浮屠氏文既不可太熱亦不可太疏此序只從惠勤不負歐公上立意處處滲滲無中生有

暗指有養之人

暗指無養之人

應第一段

稼説　雋刻雅逸讀其文可以想見其人

曷嘗觀於富人之稼乎。其田美而多。其食足而有餘。其田美而多。則可以更休。而地力得完。其食足而有餘。則種之常不後時。而斂之常及其熟。故富人之稼常美。少秕而多實。久藏而不腐。今吾十口之家。而共百畝之田。寸寸而取之。日夜以望之。鋤耰銍艾。相尋於其上者如魚鱗。而地力竭矣。種之常不及時。而斂之常不待其熟。此豈能復有美稼哉。古之人。其才非有以大過今之人也。其平居所

是本意

應第二段

以自養而不敢輕用以待其成者閔閔焉如嬰兒之望長也弱者養之以至於剛虛者養之以至於充三十而後仕五十而後爵信於久屈之中而用於至足之後流於既溢之餘而發於持滿之末此古之人所以大過人而今之君子所以不及也吾少也有志於學不幸而早得與吾子同年吾子之得亦不可謂不早也吾今雖欲自以爲不足而衆且妄推之矣嗚呼吾子其去此而務學也哉博觀而約取厚積而薄發吾告子止於此矣子歸過京

遼寧省圖書館藏
陶湘舊藏閔凌刻本集成

師而問焉有曰轍子由者吾弟也其亦以是語之

茅鹿門曰歸本於學有見

茅鹿門曰公之以文數說人如佛家聚辯妙辯

日喻

生而眇者不識日問之有目者或告之曰日之狀如銅槃扣槃而得其聲他日聞鐘以爲日也或告之曰日之光如燭捫燭而得其形他日揣籥以爲日也日之與鐘籥亦遠矣而眇者不知其異以其未嘗見而求之人也道之難見也甚於日而人之未達也無以異於眇達者告之雖有巧譬善導亦無以過於槃與燭也自槃而之鐘自燭而之籥轉而相之豈有既乎故世之言道者或卽其所見而

名之或莫之見而意之皆求道之過也然則道卒不可求歟蘇子曰道可致而不可求何謂致孫武曰善戰者致人不致於人孔子曰百工居肆以成其事君子學以致其道莫之求而自至斯以爲致也歟南方多没人日與水居也七歲而能涉十歲而能浮十五而能没矣夫没者豈苟然哉必將有得於水之道者日與水居則十五而得其道生不識水則雖壯見舟而畏之故北方之勇者問於没人而求其所以没以其言試之河未有不溺者也

遼寧省圖書館藏
陶湘舊藏閔凌刻本集成

故凡不學而務求道，皆北方之學沒者也。昔者以聲律取士，士雜學而不志於道；今也以經術取士，士知求道而不務學。渤海吳君彥律，有志於學者也，方求舉於禮部，作《日喻》以告之。

稼說與日喻二作皆根極理致確有識見非泛然下筆者宋儒謂子瞻文兼子厚之憤激永州之感慨而發之以諧謔如此等文殆不然也

遼寧省圖書館藏陶湘舊藏閔凌刻本集成

茅鹿門曰感慨激烈過多

王元之畫像贊

抑若一氣寫成實多轉折處大手筆也

傳曰不有君子其能國乎予嘗三復斯言未嘗不流涕太息也如漢汲黯蕭望之李固吳張昭唐魏鄭公狄仁傑皆以身徇義招之不來麾之不去正色而立于朝則豺狼狐貍自相吞噬故能消禍於未形救危于將亡使昏如公孫丞相張禹胡廣雖累千百緩急豈可望哉故翰林王公元之以雄文直道獨立當世足以追配此六君子者方是時朝廷清明無大姦慝然公猶不容於中耿然如秋霜

夏日不可狎玩至於三黜以死有如不幸而處於衆邪之間安危之際則公之所爲必將驚世絕俗使斗筲穿窬之流心破膽裂豈特如此而已乎始予過蘇州虎丘寺見公之畫像想其遺風餘烈願爲執鞭而不可得其後爲徐州而公之曾孫汾爲兖州以公墓碑示余乃追爲之贊以附其家傳云

維昔聖賢患莫已知公遇太宗允也其時帝欲用公公不少貶三黜窮山之死靡憾咸平以來獨爲名臣一時之屈萬世之信紛紛鄙夫亦拜公像何

以占之有泚其顙公能泚之不能已之茫茫九原
愛莫起之

樓迂齋曰氣局大讀之可以想見公與元之之爲人

茅鹿門曰通篇以疏爲序事之文絶是史遷風旨

表忠觀碑

熙寧十年十月戊子資政殿大學士右諫議大夫知杭州軍州事臣抃言故吳越國王錢氏墳廟及其父祖妃夫人子孫之墳在錢塘者二十有六在臨安者十有一皆蕪廢不治父老過之有流涕者謹按故武肅王鏐始以鄉兵破走黄巢名聞江淮復以八都兵討劉漢宏并越州以奉董昌而自居於杭及昌以越叛則誅昌而并越盡有浙東西之地傳其子文穆王元瓘至其孫忠顯王仁佐遂破

言其有功於民

言其有功於國

李景兵取福州而仁佐之弟忠懿王俶又大出兵攻景以迎周世宗之師其後卒以國入覲三世四王與五代相終始天下大亂豪傑蜂起方是時以數州之地盜名字者不可勝數旣覆其族延及于無辜之民罔有子遺而吳越地方千里帶甲十萬鑄山煮海象犀珠玉之富甲於天下然終不失臣節貢獻相望於道是以其民至於老死不識兵革四時嬉遊歌鼓之聲相聞至于今不廢其有德於斯民甚厚皇宋受命四方僭亂以次削平西蜀江

遼寧省圖書館藏
陶湘舊藏閔凌刻本集成

茅鹿門曰又以漢國比吳形容

王鳳洲曰功德兩字收上有德於斯民有功於朝廷二柱意

南負其嶮遠兵至城下力屈勢窮然後束手而河
東劉氏百戰守死以抗王師積骸爲城釃血爲池
竭天下之力僅乃克之獨吳越不待告命封府庫
籍郡縣請吏于朝眎去其國如去傳舍其有功於
朝廷甚大昔竇融以河西歸漢光武詔右扶風修
理其父祖墳塋祠以太牢今錢氏功德殆過於融
而未及百年墳廟不治行道嗟傷甚非所以勸獎
忠臣慰荅民心之義也臣願以龍山廢佛祠曰妙
因院者爲觀使錢氏之孫爲道士曰自然者居之

樓迂齋曰不說朝廷如何區處只收拾制曰可三字上

凡墳廟之在錢塘者以付自然其在臨安者以付吳縣之淨土寺僧曰道微歲各度其徒一人使世掌之籍其地之所入以時修其祠宇封殖其草木有不治者縣令丞察之甚者易其人庶幾永終不墜以稱朝廷待錢氏之意臣抃昧死以聞制曰可其妙因院改賜名曰表忠觀銘曰

天目之山苕水出焉龍飛鳳舞萃于臨安篤生異人絕類離群奮挺大呼從者如雲仰天誓江月星晦蒙強弩射潮江海爲東殺宏誅昌奄有吳越金

券玉冊虎符龍節大城其居包絡山川左江右湖
控引島蠻歲時歸休以燕父老曄如神人玉帶毬
馬四十一年寅畏小心厥篚相望大貝南金五朝
昏亂罔堪託國三王相承以待有德既獲所歸弗
謀弗咨先王之志我維行之天胙忠孝世有爵邑
允文允武子孫千億帝謂守臣治其祠墳毋俾樵
牧愧我後昆龍山之陽歸焉新宮匪私于錢唯以
勸忠非忠無君非孝無親凡百有位視此刻文

樓迂齋曰發明吳越之功與德全是以他國形容也

並出來方見朝廷坐收土地不勞兵革知他是全了
多少生靈來墳墓上尤切意在言外文極典雅
文章精義云史記文法多有終篇惟作他人說末後
自己只說一句此碑蓋學此體

遼寧省圖書館藏
陶湘舊藏閔凌刻本集成

茅鹿門曰予覽此文不是昌黎本色前後議論多湯然然長公生平氣格獨存故錄之

潮州韓文公廟碑

起句健

匹夫而爲百世師一言而爲天下法是皆有以參天地之化關盛衰之運其生也有自來其逝也有所爲矣故申呂自嶽降而傅説爲列星古今所傳不可誣也孟子曰我善養吾浩然之氣是氣也寓於尋常之中而塞乎天地之間卒然遇之則王公失其貴晉楚失其富良平失其智賁育失其勇儀秦失其辯是孰使之然哉其必有不依形而立不恃力而行不待生而存不隨死而亡者矣故在天

接不弱

五箇失字如破竹之勢只以一句鎖之不復用四箇不字筆力過人

宗万城曰人無所不至二語爲下數句之綱

爲星辰在地爲河嶽幽則爲鬼神而明則復爲人此理之常無足怪者自東漢以來道喪文弊異端並起歷唐貞觀開元之盛輔以房杜姚宋而不能救獨韓文公起布衣談笑而麾之天下靡然從公復歸於正蓋三百年於此矣文起八代之衰而道濟天下之溺忠犯人主之怒而勇奪三軍之帥豈非參天地關盛衰浩然而獨存者乎蓋嘗論天人之辨以謂人無所不至惟天不容僞智可以欺王公不可以欺豚魚力可以得天下不可以得匹夫

茅鹿門曰兩用能不能字得後而一掀如長江大河之勢一障便住

王鳳洲曰應無所不至一句收拾妙

匹婦之心故公之精誠能開衡山之雲而不能回憲宗之惑能馴鱷魚之暴而不能弭皇甫鎛李逢吉之謗能信於南海之民廟食百世而不能使其身一日安於朝廷之上盖其所能者天也其所不能者人也始潮人未知學公命進士趙德爲之師自是潮之士皆篤於文行延及齊民至于今號稱易治信乎孔子之言君子學道則愛人而小人學道則易使也潮人之事公也飲食必祭水旱疾疫凡有求必禱焉而廟在刺史公堂之後民以出入

爲艱前守欲請諸朝作新廟不果元祐五年朝散
郎王君滌來守是邦凡所以養士治民者一以公
爲師民既悅服則出令曰願新公廟者聽民讙趨
之卜地於州城之南七里朞年而廟成或曰公去
國萬里而謫于潮不能一歲而歸沒而有知其不
眷戀于潮審矣軾曰不然公之神在天下者如水
之在地中無所往而不在也而潮人獨信之深思
之至焄蒿悽愴若或見之譬如鑿井得泉而曰水
專在是豈理也哉元豐七年詔封公 昌黎伯故榜

遼寧省圖書館藏
陶湘舊藏閔凌刻本集成

曰昌黎伯韓文公之廟潮人請書其事于石因作詩以遺之使歌以祀公其詞曰

公昔騎龍白雲鄉手抉雲漢分天章天孫爲織雲錦裳飄然乘風來帝旁下與濁世掃粃糠西游咸池略扶桑草木衣被昭回光追逐李杜參翱翔汗流籍湜走且僵滅沒倒景不可望作書詆佛譏君王要觀南海窺衡湘歷舜九疑弔英皇祝融先驅海若藏約束鮫鱷如驅羊鈞天無人帝悲傷謳吟下招遣巫陽犦牲雞卜羞我觴於粲荔丹與蕉黃

公不少畱我涕滂。翩然被髮下大荒。

茅鹿門曰此碑紀乃公應劄者較公所爲司馬公狀似不盡所欲言然行文特畧矣

司馬温公神道碑

上即位之三年朝廷清明百揆時敘民安其生風俗一變異時薄夫鄙人皆洗心易德務爲忠厚人人自重恥言人過中國無事四夷稽首請命惟西羌夏人叛服不常懷毒自疑數入爲寇上命諸將按兵不戰示以形勢不數月生致大首領鬼章青宜結闕下夏人十數萬寇涇原至鎮戎城下五日無所得一夕遁去而西羌兀征聲延以其族萬人來降黄河始決曹村既築靈平復決小吳横流五

年朔方騷然而今歲之秋積雨彌月河不大溢及冬水入地益深有北流赴海復禹舊迹之勢凡上所欲不求而獲而其所惡不麾而去天下曉然知天意與上合庶幾復見至治之成家給人足刑措不用如咸平景德間也或以問臣軾上與太皇太后安所施設而及此臣軾對曰在易大有上九自天祐之吉無不利孔子曰天之所助者順也人之所助者信也履信思乎順又以尚賢也是以自天祐之吉無不利今二聖躬信順以先天下而用司

遼寧省圖書館藏
陶湘舊藏閔凌刻本集成

茅鹿門曰前段說上之信順爲賢此却轉到司馬公身上

馬公以致天下士應是三德矣且以臣觀之公仁人也天相之矣何以知其然也曰公以文章名於世而以忠義自結人主朝廷知之可也四方之人何自知之士大夫知之可也農商走卒何自知之中國知之可也九夷八蠻何自知之方其退居於洛耿然如顔子之在陋巷纍然如屈原之在陂澤其與民相忘也久矣而名震天下如雷霆如河漢如家至而日見之聞其名者雖愚無知如婦人孺子勇悍難化如軍伍夷狄以至於姦邪小人雖惡

未用時

其害已侁而疾之者莫不歛衽變色咨嗟太息或至於流涕也元豐之末臣自登州入朝過八州以至京師民知其與公善也所在數千人聚而號呼於馬首曰寄謝司馬丞相慎毋去朝廷厚自愛以活百姓如是者蓋千餘里不絕至京師聞士大夫言公初入朝民擁其馬至不得行衛士見公擎跽流涕者不可勝數公懼而歸洛遼人夏人遣使入朝與吾使至虜中者虜必問公起居而遼人勅其邊吏曰中國相司馬矣慎毋生事開邊隙其後公

遼寧省圖書館藏
陶湘舊藏閔凌刻本集成

蜚京師之民罷市而往弔衢衣以致奠巷哭以過
車者蓋以千萬數上命戸部侍郎趙瞻内侍省押
班馮宗道護其喪歸葬瞻等旣還皆言民哭公哀
甚如哭其私親四方來會葬者蓋數萬人而嶺南
封州父老相率致祭且作佛事以薦公者其詞尤
哀焓薌於手頂以送公葬者凡百餘人而畫像以
祠公者天下皆是也此豈人力也哉天相之也匹
夫而能動天亦必有道矣非至誠一德其孰能使
之記曰惟天下之至誠爲能盡其性能盡其性則

引書二段譬喻二段不見疊架

蔡感門曰以上議論以下

能盡人之性能盡人之性則能盡物之性能盡物之性則可以贊天地之化育矣書曰惟伊躬暨湯咸有一德克享天心又曰德惟一動罔不吉德二三動罔不凶或以千金與人而人不喜或以一言使人而人死之者誠與不誠故也稽天之潦不能終朝而一綫之溜可以潦石者一與不一故也誠而一古之聖人不能加毫末於此矣而况公乎故臣論公之德至於感人心動天地巍巍如此而蔽之以二言曰誠曰一公諱光字君實其先河內人

遼寧省圖書館藏陶湘舊藏閔凌刻本集成

叙事

晉安平獻王孚之後王之裔孫征東大將軍陽始
葬今陝州夏縣涑水鄉子孫因家焉曾祖諱政以
五代衰亂不仕贈太子太保祖諱炫舉進士試秘
書省校書郎終於耀州富平縣令贈太子太傅考
諱池寶元慶曆間名臣終於兵部郎中天章閣待
制贈太師溫國公曾祖妣薛氏祖妣皇父氏妣聶
氏皆封溫國太夫人公始以進士甲科事仁宗皇
帝至天章閣待制知諫院始發大議乞立宗子爲
後以安宗廟宰相韓琦等因其言遂定大計事英

茅鹿門曰以
上以言敘以

宗皇帝爲諫議大夫龍圖閣直學士論陝西刺義
勇爲民患及內侍任守忠姦蠹乞斬以謝天下守
忠竟以譴死又論濮安懿王當準先朝封贈期親
尊屬故事天下義之事神宗皇帝爲翰林學士御
史中丞西戎部將嵬名山欲以橫山之衆降公極
論其不可納後必爲邊患已而果然勸帝不受尊
號遂爲萬世法及王安石爲相始行青苗助役農
田水利謂之新法公首言其害以身爭之當時士
大夫不附安石言新法不便者皆以公爲重帝以

後以行事叙

公爲樞密副使公以言不行不受命乃以爲端明殿學士出知永興軍遂以畱司御史臺及提舉崇福宫退居于洛十有五年及上即位太皇太后攝政起公爲門下侍郎遷正議大夫遂遷左僕射公首更詔書以開言路分别邪正進退其甚者十餘人旋罷保甲保馬市易及諸道新行鹽鐵茶法最後遂罷助役青苗方議取士擇守令監司以養民期於富而教之凜凜嚮至治矣而公卧病以元祐元年九月丙辰朔薨于位享年六十八太皇太后

聞之慟上亦感涕不已時方祀明堂禮成不賀二
聖皆臨其喪哭之哀甚輟視朝贈太師温國公謚
以一品禮服謚曰文正官其親屬十人公娶張氏
禮部尚書存之女封清河郡君先公卒追封温國
夫人子三人童唐皆早亡康今爲秘書省校書郎
孫二人植桓皆承奉郎以元祐二年正月辛酉葬
于陝之夏縣涑水南原之晁村上以御篆表其墓
道曰忠清粹德之碑而其文以命臣軾臣蓋嘗爲
公行狀而端明殿學士范鎮取以志其墓矣故其

遼寧省圖書館藏
陶湘舊藏閔凌刻本集成

詳不復再見而獨論其大槩議者徒見上與太皇
太后進公之速用公之盡而不知神宗皇帝知公
之深也自士庶人至于卿大夫相與爲賔師朋友
道足以相信而權不足以相休戚然猶同已則親
之異已則疎之未有聞過而喜受誨而不怒者也
而況於君臣之間乎方熙寧中朝廷政事與公所
言無一不相違者書數十上皆盡言不諱蓋自敵
以下所不能堪而先帝安受之非特不怒而已乃
欲以爲左右輔弼之臣至爲敘其所著書讀之於

邇英閣不深知公而能如是乎二聖之知公也知之於既同而先帝之知公也知之於方異故臣以先帝爲難昔齊神武皇帝寢疾告其子世宗曰侯景專制河南十四年矣諸將皆莫能敵惟慕容紹宗可以制之我故不貴爵以遺汝而唐太宗亦謂高宗汝於李勣無恩我今責出之汝當授以僕射乃出勣爲疊州都督夫齊神武唐太宗雖未足以比隆先帝而紹宗與勣亦非公之流然古之人君所以爲其子孫長計遠慮者類皆如此寧其身不

受知人之名而使其子專享得賢之利先帝知公如此而卒不盡用安知其意不出於此乎臣旣書其事乃拜手稽首而作詩曰
於皇上帝子惠我民孰堪顧天惟聖與仁聖子受命如堯之初神母詔之匪亟匪徐聖神無心孰左右之民自擇相我與授之其相維何太師温公公來自西一馬二童萬人環之如渴赴泉孰不見公莫如我先二聖忘巳惟公是式公亦無我惟民是度民曰樂哉旣相司馬爾賈于途我耕于野士曰

時哉既用君實我後子先時不可失公如麟鳳不鷙不搏羽毛畢飢雄狡率服爲政一年疾病半之功則多矣百年之思知公于異識公于微匪公之思神考是懷天子萬年四夷來同薦于清廟神考之功

前一段叙事如九曲水勢隨地盤旋有自然形勝後一段議論如奇雲瑞靄飛洒空中朦朧恍惚不可名狀

唐荆川曰長江一瀉萬里而波瀾曲折自有妍姿真文人之豪也

遼寧省圖書館藏
陶湘舊藏閔凌刻本集成

三槐堂銘

天可必乎賢者不必貴仁者不必壽天不可必乎仁者必有後二者將安取衷哉吾聞之申包胥曰人衆者勝天天定亦能勝人世之論天者皆不待其定而求之故以天爲茫茫善者以怠惡者以肆盜跖之壽孔顔之厄此皆天之未定者也松柏生於山林其始也困於蓬蒿厄於牛羊而其終也貫四時閱千歲而不改者其天定也善惡之報至於子孫而其定也久矣吾以所見所聞所傳聞考之

暗說一段文勢委曲

天之未定

天之既定

而其可必也審矣國之將興必有世德之臣厚施而不食其報然後其子孫能與守文太平之主共天下之福故兵部侍郎晉國王公顯於漢周之際歷事太祖太宗文武忠孝天下望以爲相而公卒以直道不容於時蓋嘗手植三槐於庭曰吾子孫必有爲三公者已而其子魏國文正公相眞宗皇帝於景德祥符之間朝廷清明天下無事之時享其福祿榮名者十有八年今夫寓物於人明日而取之有得有否而晉公修德於身責報於天取

遼寧省圖書館藏
陶湘舊藏閔凌刻本集成

必於數十年之後如持左契交手相付吾是以知天之果可必也吾不及見魏公而見其子懿敏公以直諫事仁宗皇帝出入侍從將帥三十餘年位不滿其德天將復興王氏也歟何其子孫之多賢也世有以晉公比李栖筠者其雄才直氣不相上下而栖筠之子吉甫其孫德裕功名富貴略與王氏等而忠信仁厚不及魏公父子由此觀之王氏之福盖未艾也懿敏公之子鞏與吾遊好德而文以世其家吾是以録之銘曰

嗚呼休哉魏公之業與槐俱萌封植之勤必世乃成旣相眞宗四方砥平歸視其家槐陰滿庭吾儕小人朝不及夕相時射利皇䘏厥德庶幾僥倖不種而獲不有君子其何能國王城之東晉公所廬鬱鬱三槐惟德之符嗚呼休哉

文章下手處最難直截此篇先以疑詞說起後以正意決之方見文勢曲折之妙

遼寧省圖書館藏 陶湘舊藏閔凌刻本集成

茅鹿門曰予嘗謂東坡文章仙也讀此二賦令人有遺世之想

前赤壁賦

壬戌之秋七月既望蘇子與客泛舟遊於赤壁之下清風徐來水波不興舉酒屬客誦明月之詩歌窈窕之章少焉月出於東山之上徘徊於斗牛之間白露橫江水光接天縱一葦之所如凌萬頃之茫然浩浩乎如馮虛御風而不知其所止飄飄乎如遺世獨立羽化而登僊於是飲酒樂甚扣舷而歌之歌曰桂棹兮蘭槳擊空明兮泝流光渺渺兮予懷望美人兮天一方客有吹洞簫者倚歌而和

茅鹿門曰長公於赤壁有此一段纔作此賦

之其聲嗚嗚然如怨如慕如泣如訴餘音嫋嫋不絕如縷舞幽壑之潛蛟泣孤舟之嫠婦蘇子愀然正襟危坐而問客曰何爲而然也客曰月明星稀烏鵲南飛此非曹孟德之詩乎西望夏口東望武昌山川相繆鬱乎蒼蒼此非孟德之困於周郎者乎方其破荆州下江陵順流而東也舳艫千里旌旗蔽空釃酒臨江橫槊賦詩固一世之雄也而今安在哉況吾與子漁樵於江渚之上侶魚鰕而友麋鹿駕一葉之扁舟舉匏尊以相屬寄蜉蝣於天

孝康門曰長公有此見解纔備周瑜事相感歎

地眇滄海之一粟哀吾生之須臾羡長江之無窮挾飛僊以遨遊抱明月而長終知不可乎驟得託遺響於悲風蘇子曰客亦知夫水與月乎逝者如斯而未嘗往也盈虛者如彼而卒莫消長也盖將自其變者而觀之則天地曾不能以一瞬自其不變者而觀之則物與我皆無盡也而又何羡乎且夫天地之間物各有主苟非吾之所有雖一毫而莫取惟江上之清風與山間之明月耳得之而爲聲目遇之而成色取之無禁用之不竭是造物者

之無盡藏也而吾與子之所共適客喜而笑洗盞
更酌肴核既盡杯盤狼籍相與枕籍乎舟中不知
東方之既白

遼寧省圖書館藏
陶湘舊藏閔凌刻本集成

茅鹿門曰蕭瑟

後赤壁賦

是歲十月之望步自雪堂將歸于臨臯二客從予過黃泥之坂霜露既降木葉盡脫人影在地仰見明月顧而樂之行歌相答已而歎曰有客無酒有酒無肴月白風清如此良夜何客曰今者薄暮舉網得魚巨口細鱗狀如松江之鱸顧安所得酒乎歸而謀諸婦婦曰我有斗酒藏之久矣以待子不時之需於是攜酒與魚復遊於赤壁之下江流有聲斷岸千尺山高月小水落石出曾日月之幾何

而江山不可復識矣予乃攝衣而上履巉巖披蒙
茸踞虎豹登虬龍攀栖鶻之危巢俯馮夷之幽宮
盖二客不能從焉劃然長嘯草木震動山鳴谷應
風起水湧予亦悄然而悲肅然而恐凛乎其不可
畱也反而登舟放乎中流聽其所止而休焉時夜
將半四顧寂寥適有孤鶴横江東來翅如車輪玄
裳縞衣戞然長鳴掠予舟而西也須臾客去予亦
就睡夢一道士羽衣翩躚過臨臯之下揖予而言
曰赤壁之遊樂乎問其姓名俛而不答嗚呼噫嘻

遼寧省圖書館藏
陶湘舊藏閔凌刻本集成

我知之矣疇昔之夜飛鳴而過我者非子也耶道士顧笑予亦驚悟開戶視之不見其處

讀此竹與石鐘山記乃知坡翁有山水之癖者其於文也馳驟吞吐恠之奇之殆得之山水間者乎

呂東萊曰此賦結處用韓文公石鼎聯句處彌明意指鶴至戶爲道士亦暗使高道傳青城山徐左卿化鶴事以比也